双葉文庫

長編癒し系エロス

人妻ジェラシー

牧村僚

目次

人妻ジェラシー

第一章　痴女との出会い

1

一九九二年十月八日。

その朝も、田代純一《たしろじゅんいち》はいつものように、地下鉄銀座《ぎんざ》線の満員電車に揺られていた。

京橋《きょうばし》にある設計事務所に勤めはじめてから半年、会社にはようやく慣れてきたものの、朝のラッシュにだけは、相変わらずうんざりさせられている。

特に混み方がひどいのが、赤坂見附《あかさかみつけ》駅から虎ノ門《とらのもん》駅にかけての区間で、ほんの二、三分だが、生きた心地がしないこともある。

今朝も、赤坂見附駅で丸ノ内《まるのうち》線を降り、銀座線に乗り換えた瞬間から、ほとんど足が床についていない。

珍しく書類や図面を持っていないからまだましだが、それでも肩からかけたカバンは、純一の意に反して、どこか奥のほうへ引っ張られてしまっている。

まいったな。これじゃ、会社に着く前に疲労困憊《こんぱい》だよ。

頭の中でだれにともなく罵《ののし》っていると、ふと下半身におかしな感触を覚えた。だれかの手が、ズボンの前をすっと撫《な》であげたような気がしたのである。

これだけ混み合っている車内だから偶然そうなったのだろうが、恥《は》ずかしいことに、股間《こかん》のイチモツは、そのタッチに鋭敏《えいびん》な反応を示してしまった。ズボンの下で、ペニスは一気に硬さを増しはじめる。

だれの手にしろ、相手もびっくりしているに違いない。純一は、苦しみながらもなんとか腰を引いて、その手から逃れようとした。

ところが、こちらが腰をずらすと、触れられた手もそれに合わせてついてくる。しかも、今度は正面から押しつけてくる感じになった。

さすがに純一もぎくりとした。目の前に立っているのは、薄いブルーのサングラスをかけた、三十歳くらいの女性である。

まさかこの人が？　信じられないという気はしたが、ほかにそれらしい人物は見当たらない。股間に手を押しつけているのは、この女性に間違いない。

もう一度、なんとか体を引き離そうと腰を引く努力をしてみたが、後ろに立っていた男から、迷惑そうに押し返されてしまった。

女性の手は、いよいよ本格的に、純一の股間を撫でまわしはじめた。

もしかして、痴女《ちじょ》？　心の中に一瞬、そんな考えが浮かんだ。純一はまだ出会った経験はないが、世の中には、そういう趣味を持った女性もいるらしい。

そう思うと、純一は急にわくわくしてきた。男の手に触れられることを考えると吐《は》き気さえ覚えるが、女性に股間をもてあそばれるのは、決して不愉快なものではない。それどころか、だれにも気づかれないで済むのなら、かなり幸運だと言わなければならないだろう。

内心ほくそえんだ純一は、目の前に立っている女性の手に、すべてを任せてみることにした。

またたく間に硬直したペニスは、ブリーフを突きあげて、ほとんど下腹部に貼りついた状態になっていた。その硬直の裏側を、繊細な指先が、柔らかなタッチで撫でてあげていく。もう間違いない。この女性は、確かな意志を持って純一の股間を愛撫《あいぶ》しているのである。

亀頭《きとう》の裏側あたりまで来ると、女性は純一の反応を楽しむように、指先を小刻みに震わせて刺激しはじめる。

「うっ、ああ」

列車の轟音《ごうおん》に揉《も》み消されて、ほかの乗客には聞こえなかったはずだが、純一は思わずうめき声をあげてしまった。

ふっと目を落とすと、女がかすかに口もとをほころばせたような気がした。彼女の耳にだけは、純一の声が届いたのだろう。

女の手は、より大胆に動きまわり、股下から陰嚢《いんのう》の部分を指先でひっかくようにもてあそんだあと、ズボンとブリーフの布地ごと、指で肉茎《にくけい》をそっと挟みつけ、上下にやんわりとさすりだした。

息を荒らげつつ、純一はまた視線を落としてみた。サングラス越しで目はよくわからないが、まっすぐに通った鼻筋と、ふっくらとした肉厚の朱唇《しゅしん》が印象的な女性だった。間違いなく美人の部類に入る。

さらに下に目をやると、黒いスーツの下のブラウスは大きく胸もとがカットされていた。白いふくらみに挟まれた谷間が、はっきりと上からのぞけてしまう。

ブラジャーはハーフカップのものをつけているらしく、見おろしている純一の目には、布地が障害になることもなかった。うっすらと青い血管が透けて見え、右のふくらみには小さなホクロまでが確認できる。

乳房のふくらみの先端は、純一の胸にぎゅっと押しつけられていて、その柔らかな感触が、何枚かの服地を通して伝わってくる。

体を密着させながら、その間も彼女の手は休みなく動きまわっていた。純一の興奮は、ほとんど爆発寸前にまで盛りあがっている。

電車の中で、こんなに大胆にさわってくるなんて。ああ、駄目だ。こんなことされてたら、出ちゃいそうだ。

あと一分、いや、三十秒でも、こうしてペニスをこすられていたら、そのままブリーフの中に射精してしまったに違いない。

だが、幸か不幸か、そのとき電車は虎ノ門の駅にすべり込んでいた。

まるで発射できなかった純一を慰《なぐさ》めるかのように、つんつんと硬直の裏側を二度つついてから、女は手を引っ込めた。

ドアが開くと、先を争って降りる客に押されて、彼女も純一もホームに投げ出された。純一は、必死で女の姿を追い求めてみたが、背中を向けた彼女は、何事もなかったように、改札口へと歩きだしていた。

会社に着いてからも、純一の股間のうずきはおさまらなかった。自分の席に座り、建築中のビルの図面を目の前にしながら、思いはどこか別な場所へ飛んでいた。

ああ、気持ちよかったなあ。あの人、いったいどういうつもりで、さわってきたんだろう。

ほとんど一日中、ズボンの前をもっこりとふくらませたまま、純一はこの日の仕事を終えた。初めて出会った痴女の存在に、すっかり集中力を奪われてしまったのだ。

純一には、学生時代から付き合っている、結城幸子《ゆうきさちこ》という恋人がいる。肉体関係を持ってからすでに二年、卒業後も週に一度は会って、そのたびにセックスを繰り返している。

幸子は、二人が卒業した大学で事務のアルバイトをしながら、大学院で民俗学を学んでいる。修士の学位を取得して、博物館の研究員になるのが目標だという。

勉強もけっこう忙しいらしく、なかなか思うようにデートできないのが、純一にとっては悩みの種だった。それでも、プライベートな時間を大切にしようという幸子の姿勢は、かえって都合のいい場合もあった。

今夜は、一人でゆっくりオナニーだな。

幸子と会う予定のないこの日、帰りの電車に揺られながら、純一はうきうきした気分で考えていた。

恋人がいるからといって、普段の純一が、オナニーをしないわけではない。それどころか、純一はオナニーを、ある意味では幸子とのセックス以上に楽しんでいると言ってもいい。

幸子には少しだけ申しわけない気もするが、自慰行為の際に純一が幸子の裸体を思い浮かべることは、ほとんど皆無に等しい。彼には、ここ何年もの間、オナニーの対象にしている、別の女性がいるのである。

だが、この日のオナニーが楽しみだったのは、もちろん朝の地下鉄内での出来事があったせいだ。

満員電車の中で、自分の股間に押しつけられた指先の繊細なタッチ、大きくカットされたブラウスの胸もとからのぞいていた豊かな乳房、それに、濡《ぬ》れたようにセクシーだった朱唇。

それらを思い出すだけで、純一は激しく欲情した。

アパートに帰り着くと、ズボンとブリーフをもどかしげに脱ぎ捨て、そのままベッドに身を横たえた。早くも隆々《りゅうりゅう》とそそり立ってきたペニスに、そっと右手を添える。

完全に顔のほうを向くほど硬直したペニスの先端からは、すでに先走りの透明な粘液があふれ出ていた。

すぐにでも思いきりしごきたててやりたい気持ちを抑え、純一は中指の腹を亀頭にあてがった。粘液を、張りつめた亀頭全体になすりつけてみる。

「うっ、おお」

地下鉄の中で出会った女性の指先による、痺《しび》れるような愛撫が脳裏《のうり》によみがえった。全身にぶるっと震えが走る。

もう駄目だ。我慢できない。

ゆっくり楽しもうと思っていたのも忘れ、純一は夢中でペニスを握りしめた。激しくこすりはじめると、亀頭になすりつけた粘液のせいか、くちゅくちゅという淫猥《いんわい》な音が部屋に響きわたった。

「で、出る。ああっ、お、奥さん」

驚くほど呆気《あっけ》なく射精の瞬間を迎えながら、純一は確かにそう叫んでいた。

飛び散った欲望のエキスをティッシュで処理していると、純一は急に照れくさくなった。

最後の瞬間、彼は「奥さん」と叫んだ。年齢的に見て、地下鉄で出会ったあの女性も人妻である可能性は高い。しかし、射精とともに発したこの言葉は、必ずしも彼女に向けられたものではなかった。

純一は無意識のうちに、痴女的行為をしてきたあの女性と、ほかのある女性とをオーバーラップさせていたのである。

結城幸子は、純一にとって初めての女性ではない。幸子にはもちろん話していないが、彼の性体験は、すでに高校時代にはじまっている。

といっても、経験した相手はたった一人で、しかも、自分と同じ高校生などではなかった。彼が童貞を捧《ささ》げたのは、近所に住んでいる愛子《あいこ》という人妻だった。その愛子こそが、いまでも純一のオナニーの対象になっている貴重な女性なのである。

きっかけは、しごく単純だった。日ごろから母と親しくしていた愛子から、風呂場の排水パイプの具合が悪いので見てくれと言われ、手伝っているうちに、なんとなく妖《あや》しい雰囲気に包まれ、彼女にリードされる形で、関係を結んでしまったのだ。

その後も愛子は、週に一度か二度ずつ相手をしてくれた。受験勉強中の純一にとって、熟れた人妻の肉体で性欲を満たせるのは、大きなメリットだった。愛子とのセックスが、ストレートで大学に入れた最大の要因だと言っても、決して過言ではないだろう。

東京の大学に入ってアパート暮らしをはじめてからも、純一が長期の休みで実家に帰ると、愛子は夫の目を盗んで必ず会ってくれた。

しかし、純一が大学二年になったころ、愛子は夫の転勤で関西へ引っ越していった。

「機会があったら、また会いましょうね。あなたのこと、忘れられそうもないし」

別れの晩、彼女はそう言ってくれた。しかし、その後、住所も知らせてこないし、二人の関係はそこで途切れてしまったのだ。

それでも純一は、若い肉体をめくるめく快感の世界に導いてくれた愛子のことは、いまでも鮮明に覚えている。

もっと正確に言えば、愛子との交わりは、いまの恋人である幸子とのセックスよりも、ずっと大きな快感を与えてくれたような気がするのである。

初めて幸子を抱いたとき、純一は思わず首をかしげた。愛子とのセックスのときほど、快感がなかったからだ。

童貞を喪失《そうしつ》する際の感激と比べれば、どんなセックスでも物足りなさを感じるものなのかもしれない。が、純一には、どうもそれだけではないように思えた。

幸子のセックスがへたなせいかな。それとも、ぼくは愛子さんくらいの年齢の女性に弱いんだろうか。

ぼんやりそんなことを考えていると、欲望のエキスを放出したばかりだというのに、純一の肉棒にはまた血液がみなぎりだした。

「ああ、奥さん」

一回目のオナニーは、今朝、電車の中で出会った痴女の存在を思い描いてのものだったが、今度は最初から愛子のことを考えながら、純一は二度目の絶頂に向かって、ふたたびペニスをこすりだした。

2

翌朝、純一は普段より二十分早くアパートを出た。可能性は低いだろうが、なんとかもう一度、あの痴女に出会ってみたいと思ったのだ。

丸ノ内線を降りると、ごった返す赤坂見附のホームで、目を皿のようにして彼女を捜した。通勤途上の人々は、ほぼ一様《いちよう》に不機嫌そうな顔つきをしている。電車に乗るでもなくたたずんでいる純一を、睨《にら》みつけるようにして通りすぎていく人もいる。

これだけ人がいちゃあ、無理かもしれないな。きのうが幸運すぎたんだ。

銀座線の電車を二、三本見送り、純一がほとんどあきらめかけたとき、ふっと目の前をよぎるものがあった。

彼女だ。

階段をおりて、殺気立った通勤者たちの雰囲気とは対照的な、優雅な仕草でこちらに進んでくるのは、間違いなく、きのう電車の中で、純一の股間に手をのばしてきた女性だった。

きのうと同様にサングラスをかけ、今朝はグレーのスーツに身を包んでいる。スカートの前面には大きくスリットが切られていて、歩を進めるたびに、すらっとした形のいい脚が、ふとももの中ほどまで露出してくる。

生唾《なまつば》を飲み込んだ純一は、興奮しながらも、緊張が高まってくるのを感じた。

彼女に会いたい一心で早めにアパートを出てきたものの、こうして実際に出会ってみると、どうしたらいいのか見当もつかないのだ。

純一と彼女との距離は、みるみる詰まってきた。

一緒に電車に乗り込んでしまえばいいのだろうが、最初から体を押しつけるようなことをして、痴漢《ちかん》だと思われるのも具合が悪い。

ああ、どうしたらいいんだ？　声をかけるわけにもいかないし。

すぐ目の前に彼女の姿が迫ってきたとき、純一は仕方なく視線をそらし、電車を待ち受ける列に加わった。せっかく会えたのに残念だという気はするものの、これ以上、じっと見つめているわけにもいかない。

ところが次の瞬間、信じられないことが起こった。純一の耳もとに、彼女のほうがささやきかけてきたのである。

「また会っちゃったわね」

反射的に振り向くと、魅惑的な唇にうっすらと笑みを浮かべて、彼女が立っていた。

「は、はあ」

何か言わなければ、と思ってはみても、適切な言葉が浮かんでこない。

「あたしのこと、待っていてくれたの？」

横から体をすり寄せながら、また彼女がささやいた。頭に血がのぼって、純一は耳がカッと熱くなるのを感じた。

「ねえ、そうなんでしょう？　あたしを待っていてくれたんでしょう？」

女性としては低音で、少しだけハスキーな声が、純一の性感を激しく揺さぶった。返事をすべきなのだろうが、喉が詰まって声にならない。

女はくすっと笑った。黙って純一に腕をからめてくる。

「あ、あの、ぼく」

「いいから、いいから。さあ、電車が来たわ。乗りましょう」

いつの間にか二人の後ろにも人の列ができていて、降りる客を吐き出したドアに向かって、二人は一気に押し込まれた。

車内に入ると、もみくちゃにされながらも、女は見事な身のこなしで、ドアに背中を押し当てる位置を占めた。純一と真正面から向かい合う形である。

ほとんど息ができなくなるくらいに人間をいっぱいに詰め込むと、電車はがたんという振動を残してゆっくりと動きだした。

とたんに、女の手が純一の股間にのびてきた。きのうと同じように、ほっそりした指先が、ズボンの上から繊細なタッチで肉棒をもてあそぶ。

ペニスが急激に硬さを増して、むっくりと鎌首《かまくび》をもたげてきた。

女はまたくすっと笑う。

「すごいのね。びんびんじゃないの」

頰《ほお》ずりするほど顔を近づけて、女が言った。彼女の顔には、荒くなってきた純一の鼻息が吹きかけられる。

「あなたもさわっていいのよ」

純一は、目を丸くして彼女を見つめた。

「ほ、ほんとに?」

わずかに頰を赤く染めて、女は小さくうなずいた。

純一は、おろしていた右手を、そろりそろりと彼女のふとももの裏側に這《は》わせた。薄いスカートの生地を通して、豊かな弾力が指先に伝わってくる。

すごい。なんていい手ざわりなんだ。幸子の体よりずっといい。

ふとももを撫でているうちに、純一の頭の中には、次第に初体験の相手である愛子の体の感触がよみがえってきた。

控えめに、そっと指を這わせていた純一も、相手が承知だということもあって、次第に図々《ずうずう》しくさわりはじめる。

手のひらをいっぱいに開いて、ふとももからお尻へのラインを撫でつけていると、それに合わせるように、女の指先にも力がこもった。

ああ、たまらない。これだけでも、いっちゃいそうだ。

すでに純一は、歯を食いしばり、必死で射精をこらえているという状況だった。電車はまだ虎ノ門駅との中間くらいのはずだ。あと一分は時間がある。

「ねえ、後ろばっかりじゃなくて、前にもさわっていいのよ」

また女がささやいてきた。耳にからみつくような、ねっとりとしたセクシーボイスである。

純一は、お尻にまわしていた手を、さりげなく前に持ってきた。いくら相手が納得のうえでしていることとはいえ、あまりおおっぴらにやって、ほかの乗客から不審に思われても困る。

純一の手が、股間を撫でていた女の手とぶつかると、彼女は黙ってその手を取り、下へ引っ張った。

純一の指先が、スカートの前に切られたスリットの上端に触れた。中指の先端をそこに侵入させると、すぐにストッキングのざらつきと、ふとももの弾力を感じた。スカート越しのときと違って、今度は彼女の体温までもが感じられる。

頂上に近い興奮を味わいつつ、純一は指をスリットの中にもぐり込ませた。とうとう右手全体が、左右のふとももに挟まれる形になった。柔肉の感触は、手のひらだけでなく、甲からも伝わってくる。

喉がからからに渇いてくるのを感じながら、その手をゆっくりと上に移動させた純一は、次の瞬間、思わず「あっ」と声をあげていた。突然、ストッキングのざらつきが消え、なめらかな素肌の感触が、手のひらから伝わってきたからだ。

彼女はパンティーストッキングではなく、どうやらガーターベルトで吊《つ》るストッキングをつけているらしい。

純一も、雑誌やビデオでモデルが身につけているのを見たことはあるが、普段から実際にガーターベルトをつける女性がいるとは思わなかった。

「そろそろ制限時間いっぱいよ。もっとたっぷりさわっておかなくていいの？」

女の声にハッとなり、純一は柔肌をむさぼりはじめた。すらっとした脚なのに、ふとももの肉づきはたっぷりしていて、指先が素肌に食い込む。そして、なんとも心地よい弾力で、その指先がはね返されるのである。

肌ざわりはあくまでもなめらかだが、少し手を上に移動させると、なんとなく湿り気を感じた。パンティーの下には、すでに蜜液があふれ出ているのかもしれない。

純一は、思いきって手を押しあげ、パンティーの股布《またぬの》に指先をあてがった。

「ううん、ああ」

切なそうなうめき声をあげて、女が体をすり寄せてきた。その一方で、電車の揺れに合わせて、女の手はますます激しく肉棒をこすりたてる。

ああ、すごい。ほんとにこのまま、いってしまいそうだ。

純一の指先は、彼女のパンティーが濡れているのを、はっきりと感じ取っていた。中指の腹で、薄布にできたシミの形をなぞるように、敏感な部分をこすってみる。

「ああん、いけない人」

突然、女の体がびくんと震えた。小さな快感の波に襲われたらしい。

自分も後《おく》れをとりたくない。純一はそう思った。しかし、無情にもそのとき電車はスピードを落とし、虎ノ門の駅にすべり込んでいた。

多くの乗客と一緒にホームに投げ出された彼女は、純一のほうを振り返ってにっこりほほえむと、くるりと背中を向け、改札口のほうへ去っていった。

顔を上気させたまま、純一はふたたび地下鉄に乗り込み、定刻に会社に着いた。

興奮は、きのうの比ではなかった。なにしろ、今朝はあの女性の柔らかなふともに、自分の手で直接、たっぷりとさわることができたのである。

とても帰宅時間までは我慢できず、勤務中にトイレに立った純一は、個室に入り、ぎんぎんに血液をみなぎらせたペニスを握りしめた。


翌朝も、純一は早い時間にアパートを出て、赤坂見附のホームで彼女を待った。前日と違って、今朝はおどおどすることもない。

そして、やはりきのうと同じように、女のほうから声をかけてきた。

「お待たせ」

「ど、どうも」

名前も知らない同士だというのに、まるで待ち合わせでもしていたかのように二人は言い交わし、ホームに入ってきた電車に乗り込んだ。ドアが閉まり、電車が動きだすと同時に、お互いの体をまさぐりはじめる。

前日は会社で一度、アパートに帰ってからさらに二度も、純一は欲望を放出した。が、こうして彼女の手にさわれられた瞬間から、ペニスはまた完璧なまでに勃起《ぼっき》してしまう。

「まあ、すごい。もうこんなに硬くしてる」

「は、はあ」

耳もとにささやかれる彼女の言葉に少しだけ照れながら、純一も自分の手を女のふとももの間に這わせた。驚いたことに、今朝の彼女はストッキングをはいていなかった。スカートの中に侵入した純一の手は、なんの障害もなく、ふとももの柔肉を撫でまわすことができるのである。

幸子の肌なんて問題にならない。この人のほうが、ずっといい。

純一は、きょうこそは彼女の指にもてあそばれて、このままズボンの下で射精してしまいたいと思っていた。そう考えて、カバンには替えのブリーフも忍ばせている。

ところが不思議なことに、女のほうの愛撫が、きのうに比べるとやけに控えめなのだ。ペニスはとっくに硬直してきているのに、ぎゅっと握りしめたりはせずに、指先で軽く撫でつけている。

訴えるような目で、純一は彼女を見おろした。

女は視線を合わせようとはせず、うっすらと笑いを浮かべて、依然としてやんわりとした刺激を与えてくる。

じりじりしながら、純一は彼女のふとももをさわりまくった。指先は、濡れてシミを作っているパンティーの前の部分をなぞる。

「あっ、うふん、ああ」

切なそうに女は身もだえるものの、純一への愛撫には、いっこうに力がこもらない。

そのうちに、とうとう電車は虎ノ門の駅に着いてしまった。彼女はこの駅で降りる。なんだか裏切られたような気分で、純一はホームに押し出された。

すると、そのまま行ってしまうのかと思った彼女が、純一の手を引いてホームの端へ連れていこうとした。呆気にとられながらも、純一は従う。

「ねえ、あなた。今晩、お暇《ひま》かしら」

「えっ？　あっ、はい」

誘いをかけられているらしいことはわかったが、考えてみればまだ名前も知らない相手なのだ。少しだけ警戒しつつ、純一は彼女を見つめる。

「気が向いたらでいいんだけど、あたし、七時ころからここにいるわ」

彼女は喫茶店のマッチを差し出した。聞いたことのない名前だったが、住所も電話番号も印刷されている。場所は新宿《しんじゅく》らしい。

「じゃあね」

「あ、あの」

もう少し話がしたくて呼びかけてみたが、女はそのまま振り返ることもなく、改札口へと消えていった。

後ろ姿を見送りながら、ふと気づくと、純一の股間はまだもっこりとふくらんだままだった。周囲の人々に悟《さと》られないように、あわててズボンの上からペニスの位置を直し、純一はまた電車に乗り込んだ。


その晩、純一が指定された喫茶店『アテネ』に入ると、すでに彼女は窓際の席に腰をおろしていた。例によって、サングラスをかけたままだ。

入ってきた純一に気づくと、右手を軽くあげて手招きする。

「来てくれると思ってたわ。さあ、どうぞ」

「はあ」

うながされて、純一は彼女の正面に腰をおろした。やってきたウエートレスに、コーヒーを注文する。

ウエートレスが去ると、ほんのしばらく沈黙が流れた。ピンと空気が張りつめて、純一はいっぺんに喉が渇いてくるのを感じた。

水をひと飲みしてから、控えめに目の前の女を見つめてみる。

電車の中で見たとおり、三十歳前後の色白でセクシーな美人だった。肉厚のふっくらした唇の右下に、小さなホクロがある。

ここへ来るべきかどうか、純一だって迷わなかったわけではない。連日の地下鉄内での行為で、彼女への興味は高まっているものの、相手がどういう女性なのかは何もわかっていないのである。

「そんなに堅くならなくたっていいのよ。こう見えても怪しい者じゃないわ」

「べ、べつに怪しいだなんて」

純一は、まだ何から話そうかと迷っていた。名前を聞いていいものかどうかも判断できないし、自己紹介をするのもおかしな話だ。

またしばらく沈黙していると、コーヒーが運ばれてきた。純一がブラックのままカップに口をつけると、ようやく女が喋《しゃべ》りだした。

「ねえ、名前も知らない二人がこうやってお茶を飲んでるなんて、とっても不思議だと思わない？」

「ええ、まあ」

女が左手でティーカップを持ちあげたのを見て、純一は初めて薬指に指輪があることに気づいた。

「あの、奥さん、なんですか」

「そうよ。人妻が相手じゃ、怖い？」

「いえ、そんなことは」

女の声は、電車の中で聞いたときより、いっそうハスキーで悩ましく聞こえた。大した内容は話していないのに、その声が純一の股間をうずかせる。

「あなたのさわり方、とってもすてきだったわ」

「そ、そんな」

いきなり電車の中の話題を出されて、純一は面食らった。

「嘘でもお世辞でもないわ。じょうずだなって思ったから、今度は二人っきりのときにさわってほしくなっちゃったのよ」

純一のほうへ身を乗り出し、声をひそめて女が言った。あまりにも大胆な言葉に、純一は絶句してしまう。

あらためて見つめてみると、胸のふくらみや腰のくびれ具合は、スーツの上からでもよだれが出そうなほど魅力的だった。

ここまで言う以上、彼女はもうすっかり純一に抱かれるつもりになっているらしい。が、こうしたことに慣れていない純一は、どうしたらいいのか見当もつかない。

遊びじょうずのプレイボーイなら、ここらへんで相手の洋服か髪形でも褒《ほ》めそやして、ベッドに誘うための準備にかかるころかもしれない。

「あの、これから、ど、どうしますか」

覚悟を決めて、純一は素直に尋ねた。

相手は年上だし、女性の扱いに慣れたふりをしたところで、きっと見破られてしまうに違いない。それならば、むしろ最初から自分をさらけ出したほうがいい。

「ふふっ、そんなに困った顔しないで。ホテルへ連れていってほしいのよ。ここらへんにはたくさんあるでしょう？」

「ほ、ほんとに、いいんですか」

勢い込んで尋ねる純一に、女は妖艶《ようえん》なほほえみを見せてうなずいた。

「ただし、お互いに名乗ったりするのはよしましょう。そのほうが、なんとなく秘密めいていて面白いじゃない？　あたしのことは、『奥さん』とでも呼んでくれればいいわ。あなたのことはどう呼んだらいいかしら」

「ほ、本名でいいです。田代です。田代純一っていいます」

「あらあら、名乗るのはよしましょうって言ってるのに。ふふっ、でもいいわ。それじゃ、行きましょうか、田代くん」

立ちあがりながら女が手に取った伝票を、純一は必死で奪い取った。女はくすっと笑ったが、すぐに「ご馳走様」と小声でささやき、彼に従った。

3

新宿のラブホテルは、幸子と何度か利用したことがあった。いつも決まった場所だったし、純一は今夜、彼女をそこへ連れていこうと思った。

サラリーマン一年生の純一が利用するホテルだから、あまり高級な場所とは言えないが、知らないところに入るよりは、落ち着いて行動できそうな気もする。

「あの、ここでいいでしょうか」

ホテルの前まで来て尋ねると、女は純一にしなだれかかり、こっくりとうなずいた。

入口のパネルで部屋を選び、フロントでキーを受け取った。選んだのは五階の一室で、ここにも幸子と入った覚えがある。

エレベーターに乗ると、いきなり女が抱きついて唇を求めてきた。

「うぐ、うぐぐ」

女の積極性に一瞬とまどったものの、純一もそれにこたえて舌をからませた。彼女の舌は長く、ねっとりと純一の口腔《こうこう》内を這いまわる。

熱烈なくちづけに圧倒されていると、女の右手が股間にのびてきた。すでに隆々といきり立っているペニスの形をなぞるように、指先でソフトにタッチしてくる。電車の中での愛撫と同じだ。

純一のほうも、ごく自然に右手を彼女の胸にあてがった。上着とブラウスの布地を通して、お椀形《わんがた》の柔らかな乳房の感触が伝わってくる。初めて手を触れるふくらみは、思っていたより量感があった。

「お、奥さん」

たまらなくなって唇を離した純一は、乳房を揉む手に力をこめた。

「ああん、駄目よ、そんなに強くしちゃ。痛いのは嫌いよ」

「あっ、す、すみません」

「うふっ、素直なのね」

エレベーターのドアが開くと、女に引っ張られるようにして、純一は部屋の前まで廊下を歩いた。いよいよこの女性を抱けるのかと思うと、さすがに緊張してくる。

持ってきたキーを差し込もうとするのだが、なかなかうまく鍵穴に入らない。

「あら、なんだか童貞ちゃんみたい」

「は？」

「入口が見つからないようだから」

冗談めかして笑う女の姿に、純一も少しだけ落ち着きを取り戻した。なんとか鍵を開けて室内に入る。

靴を脱ぐと、サングラスをはずした女が、すぐにまた唇を合わせてきた。先ほどよりいっそう激しく吸い合い、純一の手は女のお尻からふとももあたりを思いきり撫でまわす。

「すてきよ、田代くん。ああん、ねえ、電車の中みたいにして」

唇を離した女は、純一の右手をスカートの中へと導く。

スリットから手を侵入させた純一は、彼女が朝ははいていなかったストッキングをつけていることに気づいた。やはりパンティーストッキングではなく、ガーターベルトで吊っているらしい。

手を内ももに這わせると、指先が露出したふとももの地肌に触れた。なめらかで柔らかい感触に、いっぺんに夢見心地になる。

「奥さん、ぼく、ぼく、もう」

「あわてないのよ、田代くん。さあ、電車の中だと思って、痴漢になるのよ。だれにもわからないように、もっと激しくさわって」

「ああ、奥さん」

純一も、すっかりその気になってきた。女の体を壁に押しつけ、右手をスカートの中に突っ込んだまま、空いた左手でブラウスの上から乳房を揉む。

「そうよ、田代くん。とってもじょうずだわ。あたしのパンティー、すっかり濡れちゃってるでしょう」

これも電車の中と同じように、純一の耳もとにささやきながら、女はさらに積極的に腰を押しつけてきた。

手のひらをいっぱいに開いて、純一は女のふとももを撫でまわした。ちょうど正面の位置で、ガーターベルトのサスペンダーがパンティーの中を通り抜け、ふとものほうへのびているのが確認できた。

純一の指先は、いよいよ脚の付け根にあてがわれた。すべすべのふとももの感触から一転して、薄布の少し下あたりからは、じっとりと湿り気を感じる。

「ねえ、焦《じ》らさないで。早くパンティーの中に指を入れて」

腰をくねらせて、女が催促《さいそく》してきた。彼女の手は、もちろんそそり立った肉棒をもてあそんでいる。こうしている間にも、純一のほうは、いつ暴発するかと気が気ではなかった。それほどに、彼女の愛撫はツボを心得ているのである。

大きく息をついて、純一はパンティーの脇から指を侵入させた。とたんに、あふれ出た愛液が指先を濡らした。女の全身に、小さな震えが走る。

「いいのよ、田代くん。もっと、もっと」

上体をのけぞらせて、女が言う。

純一は、中指の先をクレバスにあてがった。愛液でぬるぬるした秘唇が、指の腹に快《こころよ》く感じられる。指先を折り曲げて淫裂《いんれつ》を割り、ぐいっとこねまわすと、女が耐えられないというように身をくねらせてもだえた。

「ああん、駄目。もう駄目だわ。ねえ、あたし、我慢できない」

そう言うなり、女は純一の手をスカートの下から払いのけ、その場にひざまずいた。純一のお尻を抱きしめ、ぷっくりとふくらんだ股間に顔を押し当ててくる。

「ああ、奥さん」

「硬いわ、田代くん。とっても硬い」

陶酔《とうすい》した表情で、ズボンの上からしばらく硬直をもてあそんだあと、女はベルトに手をかけた。驚くほどの手際《てぎわ》のよさで、ズボンをするりとおろしてしまう。

純白のブリーフに包まれた硬直が現れると、またその上からしばらく頬ずりした。唇をすぼめて、布地を突きあげている肉棒の先端に、ちゅっとキスをする。

「ふふっ、先っちょが濡れてシミになってる。あなたも興奮してるのね」

見あげて言う女の声も、気持ちの昂《たかぶ》りを表すように、いちだんとかすれてきていた。ここまで来ると、純一の興奮も最高潮だった。女は次にブリーフを引きおろし、硬直したペニスをくわえてくるに違いない。

フェラチオは、純一が最も好きな行為と言ってもよかった。

ところが、いま付き合っている幸子は、ペニスを口で愛撫してくれたことがない。同じように、純一が彼女の秘部を舐《な》めるのもいやがる。どうやら幸子は、ただお互いの性器を結合させることだけが、セックスだと思い込んでいるらしいのである。

考えてみれば、初体験の相手である愛子にしてもらって以来、純一はずいぶん長い間、口唇愛撫《こうしん》を受けていない。

愛子はいつも、ほんとうにいとおしそうに純一のペニスを口に含んでくれた。根元をそっと押さえた愛子に、硬直の裏側を舐めあげられると、それだけで背筋がぞくぞくしたのを、いまでもはっきりと覚えている。

愛子がしてくれたフェラチオに思いを馳《は》せていると、しゃがみ込んだ女は、とうとうブリーフを引きおろしにかかった。

体にぴったりしたブリーフだけに、硬直したペニスが引っかかって、少しだけてこずっている。それでも、間もなくブリーフは膝《ひざ》までずりさげられた。

と同時に、ぎんぎんに血液をみなぎらせた純一の肉茎が、彼女のすぐ目の前に飛び出した。

「まあ、すごい。大きいわ、とっても」

驚いた声で言い、女は硬直に手をのばした。両手で肉竿《にくざお》をやんわりと包み込み、先端に顔を近づける。

「うっ、ああっ、お、奥さん」

手で触れられただけで、純一はすでに感激の声をもらしていた。ペニスもぴくんと反応する。

女は、そんな純一を見あげてうれしそうにほほえみ、迷わず亀頭を口に含んだ。ぬるっとした、生温かい独特の感触が、ペニスの先端から脳天へと突き抜ける。

「ああ、おおっ、うっ」

ぎゅっと目を閉じて、純一は迫り来る射精感と必死で闘った。

女は右手を硬直の根元に移動させた。喉の奥まで、一気に肉棒をくわえ込む。

「奥さん、ううっ、ああ」

女の髪の毛をかきむしり、純一はなんとか射精をこらえた。もういつ爆発してもおかしくない状態になっている。

眉間《みけん》に皺《しわ》を寄せて苦しそうな表情を見せながらも、女はなかなかペニスを放そうとはしなかった。ゆっくりと首を前後に振りはじめる。

まったく歯が当たることもなく、スムーズに硬直は出し入れされた。ペニスと唇、それに舌がこすれ合って出る、ぴちゃぴちゃ、くちゅくちゅという音が、なんとも淫猥に部屋に響きわたる。

しばらく首振りを繰り返したあと、女はペニスを口から引き抜いた。そして今度は硬直の裏側を、陰嚢に近いほうから亀頭の先端まで、舌先を器用に使って丁《てい》寧《ねい》に舐めあげていく。

「うわっ、ああ、奥さん」

純一は、もう限界だと思った。これ以上、愛撫を続けられたら、このまま発射してしまうに違いない。

純一のただならぬ様子に気づいているようでありながら、女はまた硬直を喉の奥深く飲み込んだ。ふたたび、ゆっくりと首を前後に振りはじめる。

「駄目ですよ、奥さん。そんなことされたら、このまま、ううっ、このまま奥さんの口の中に、出しちゃうかもしれない」

女の髪をかきむしりながら、純一は救いを求めるように言った。

それでも女は、ペニスから口を離さない。

純一の心の中に、突然、ある期待が湧《わ》いた。

もしかしたら、この人、ぼくの精液を飲んでくれるのかもしれない。

高校生のころ、愛子は最初にフェラチオでまず一回、純一を絶頂に導き、それからゆっくりと体を合わせてきたものだった。そのほうが純一にゆとりが生まれ、愛子自身も楽しむことができたらしい。

当時、最初に放出した精液を愛子が飲み込んでくれるのが、純一には大きな歓《よろこ》びだった。きちんと夫がいる人妻とはいえ、その瞬間だけは、愛子を自分のものにできたような気がしたものだ。

いま、純一の目の前で硬直をくわえ込んでいる女は、射精が近いのを知りながらも、ペニスを放そうとしない。久しぶりに精液を飲んでもらえそうだと思うと、純一はますます興奮してきた。

「いいんですか、奥さん。ほんとに、で、出ちゃいますよ」

まるで「いいのよ」と答えてでもいるかのように、女の動きが急になった。爪を立てた両手で純一のお尻を抱きしめ、激しく首を振る。

「だ、駄目だ、奥さん。出ちゃう、ああっ」

純一の体に、大きな痙攣《けいれん》が走った。ペニスの脈動とともに、煮えたぎった欲望のエキスが、猛然と女の口に向かってほとばしっていく。

むせたようにうめき声をもらしながらも、女は決してペニスを口から抜こうとはしなかった。肉棒がおとなしくなったところで、ようやく解放すると、女はごくりと喉を鳴らして、純一の放出した白濁液《はくだくえき》を、一滴ももらすことなく飲み干したのである。

「ああ、おいしかった。とっても多いんだもの、びっくりしちゃった」

まだ放心状態の純一を見あげ、左手で口もとを拭《ぬぐ》いながら、女が言った。

「す、すみません。つい興奮しちゃって」

純一は素直に詫《わ》びた。放出した精液を飲んでもらえるのは感激だが、相手にとっては苦痛かもしれないと思ったからだ。

「いいのよ。こうしておけば、あとはゆっくり楽しめるわ」

女が愛子と同じことを言うので、純一は少し驚いた。愛子が最初に口でほとばしりを受け止めてくれたのも、若い純一が突っ走ってしまわないためだったからだ。

「シャワーを浴びて、少し休みましょう。そのうちにあなたも回復するでしょう」

そう言って立とうとする女を、純一は思いきり抱きしめた。

「休まなくたって平気ですよ、奥さん。ほら、さわってみてください。硬いままでしょう？」

純一は、女の右手を股間に導いた。ペニスは隆々とそそり立ったままで、先端には、放出した精液の名残《なごり》が、球状になってこびりついている。

「まあ、あんなにたくさん出したばかりなのに」

驚きの声をあげて、女は硬直を握りしめてきた。純一自身も不思議なのだが、彼のペニスは、射精が済んでもすぐに硬度を失うことはない。

「奥さん、今度はぼくに舐めさせてください」

純一は、足もとにからみついていたズボンとブリーフを、あわてて取り去った。素早い動作で彼女を抱きあげ、ベッドへと運ぶ。

すぐにスカートをまくりあげて、パンティーを脱がせにかかった。

「もう、田代くんったら、強引なんだから。でも、シャワーを浴びてからじゃなくていいの？　あたしのここ、ぐしょぐしょよ」

「そのほうがいいんです。ぐしょ濡れの奥さんのあそこを、ぼく、舐めたいんです」

「ああ、田代くん」

潤《うる》みを帯びた目で、女はうっとりと純一を見つめてきた。自分も腰を浮かせ、パンティーを脱がせやすいように協力する。

奥のほうまで両手を差し入れた純一は、パンティーの縁《ふち》を持って、一気に引きさげにかかった。彼女が自分で言ったように、薄布の前の部分はすっかり濡れていた。楕円形《だえんけい》のシミが浮き出ている。

ガーターベルトの留め具に少しだけ引っかけたものの、純一はなんとか薄布を脚にそってすべりおろした。

股布が脚の付け根を離れる瞬間、愛液が糸を引き、白いふとももと黒いストッキングの一部を濡らした。

引き締まった形のいい足首からパンティーを抜き取ると、純一は迷わずそれを顔に押し当てた。淡いブルーの薄布からは、香水のような芳香《ほうこう》とともに、愛液が発する淫靡《いんび》な匂いが漂ってくる。

「ああん、いやよ、そんなことしちゃ。恥ずかしいわ」

「とってもすてきな匂いですよ、奥さん。ああ、たまらない」

パンティーを枕元に置き、スカートを腰の上までまくりあげて女に脚を開かせると、純一は無防備になった股間に顔を近づけていった。

「ほんとに、ほんとにいいの？　ねえ、そのまま舐めたら、あなたの顔までぐしょぐしょになっちゃうわよ」

うわ言にも似た女の言葉を、純一はもう聞いてはいなかった。両手でふとももをすくいあげるようにしてさわりながら、ゆっくりと股間の中心に向かって顔を接近させていく。

ストッキングの上端から、ふとももの地肌が剝《む》き出しになった部分に、そっと唇を押し当ててみた。手で触れたときと同様、柔らかく弾力をたたえたその感触に、純一は陶然《とうぜん》となる。

そのまま、こんこんと湧き出る泉に向かって進むと、鼻先をヘアにくすぐられ、やがて唇がたっぷりと濡れた秘唇をとらえた。女の体に、びくんと震えが走る。

天井からの淡い照明を浴びて、やや薄めのヘアに守られた秘肉が、ときおり鈍《にぶ》く光った。蜜液は、次から次へとあふれ出ているらしい。

純一は舌を突き出し、クレバスを下から上へ舐めあげた。

「ああっ、いい。いいわ、ああっ」

女は、純一の髪を鷲《わし》づかみにして身もだえた。

発達した両側の秘唇を、交互に舐めつつ上方に移動すると、やがて純一の舌先は、少しだけ皮をかぶったピンク色のクリトリスに到達した。

触れた瞬間、また女がぶるっと震えた。切なそうなうめき声をもらしはじめる。
舌先で軽くつつくように肉芽《にくが》を愛撫しながら、純一はふとももにあてがってい
た左手を離した。その中指で、淫裂をなぞる。
「そんな、いやよ。いや、ううん、ああ」
女の声が高まるにつれて、純一の欲情もふたたび高揚《こうよう》した。あふれ出た愛液
を、唇をすぼめて、じゅるじゅるとすすってみる。久しぶりに味わう女のエキス
は、まるで蜜のように甘かった。
中指に人差し指を加え、純一は彼女の淫裂を割った。その指を出し入れしてぬ
るぬるした感触を楽しむ一方、舌先をとがらせ、バイブレーターのように細かく
震わせてクリトリスを攻撃する。
「駄目、駄目よ。ああっ、あたし、いく。いっちゃいそう」
オーガズムに向かって突っ走る女の肉芽が、急激に肥大して小豆粒《あずきつぶ》のようにな
った。そのこりこりした硬さが、舌先になんとも心地よい。
「どうして？　ど、どうしてこんなにじょうずなの？　ああっ、もう、もう駄
目。ねえ、来て。早く、あなたも来て」
女が純一の髪の毛をつかんで、引っ張りあげようとした。

純一のほうも、そろそろ挿入《そうにゅう》したいと思っていたところだった。

ボタンを引きちぎるようにして、女は自分でブラウスの前を開き、現れたブラジャーのフロントホックを、もどかしげにはずした。

こぼれてきた乳房は、あお向けになっても、きれいなお椀形は崩れなかった。薄茶色の乳暈《にゅううん》は、直径三センチほどの円を描いて広がり、その中心では、球状になった乳首が、つんと上を向いて立っている。

純一は女の体の上を這いのぼり、愛液にまみれた唇を、女の唇に押しつけた。彼女もそれにこたえ、自分の体から出た蜜液を吸い取るように、純一の顔面にキスの雨を降らせる。

「ねえ、お願い、早く」

催促しつつ、女は右手で純一の硬直を探った。すぐに探り当てると、根元を持って、淫裂へと誘導する。

「ああっ、お、奥さん」

「いいのよ。そのまま、来て」

純一が腰を突き出すと、くぐもった音を残して、肉棒はずぶずぶと女の体内にもぐり込んだ。

そのとたん、内部では肉洞《にくどう》がひくひくと痙攣し、硬直に柔肉がからみついてきた。

「奥さん、ああ」

この感触は、純一が久しく忘れていたものだった。幸子とのセックスでは、絶対に味わえないのである。

初体験の相手である愛子とのセックスのときと同じで、相手の体に吸い込まれてしまいそうな快感に、純一はすっかり酔っていた。

「あたしも、ねえ、あたしもとってもいいわ。田代くん、ねえ、いいのよ。動いていいのよ」

「奥さん」

はやる気持ちを抑え、純一はゆっくりとピストン運動を開始した。女のほうも、それに合わせて腰を突きあげてくる。

「もうすぐよ。ああ、すぐにでもいってしまいそうだわ。ねえ、一緒に、一緒にいって、田代くん」

女の言葉に刺激され、純一は動きを加速した。左手をベッドについて上体を支え、右手は自然に目の前にある乳房を揉みしだく。

白いふくらみに指先が食い込み、肌に赤みがさしてきた。彼女の額《ひたい》にはうっすらと汗が浮かび、半開きになった唇がなんとも悩ましい。

「奥さん、ぼく、で、出ちゃいそうです」

「ああっ、田代くん。いいのよ、いって。ああ、あたしも、あたしも、いくっ」

「お、奥さん」

純一のペニスから、煮えたぎった欲望のエキスが猛然と噴出した瞬間、女のほうも大きく全身を痙攣させて、オーガズムを迎えていた。

最後の一滴まで搾《しぼ》り取ろうとするかのように、肉路の奥で、柔肉がペニスを締めつけてきた。それが女の意志によるものなのか、それとも自然にそうなるのか、純一には判断のしようもなかった。

下半身を結合させて重なり合ったまま、しばらくの間、二人は動くこともできず、荒々しく空気中の酸素をむさぼった。

「田代くんって、若いのにほんとにじょうずなのね。びっくりしちゃった」

やっと荒い息がおさまり、下半身の後始末を済ませると、またハスキーな声で女がささやいてきた。

「いえ、ぼくのほうこそ、こんなに興奮したのは何年ぶりだったか。ありがとうございました」

「あら、お礼なんか言わないで。誘ったのはあたしのほうなんだから」

そう言って、彼女は純一の首筋に唇を押しつけてきた。二度の放出で、ようやくぐったりとなったはずのペニスが、またなんとなく硬さを取り戻してくる。

「ねえ、聞いてもいいいかしら」

「何をですか」

「ふふっ、こんなテクニック、だれに習ったのかなと思って」

いたずらっぽく笑い、女は右手で肉棒をさすりはじめた。ペニスは一気に硬度を回復した。もうすぐにでも、次のラウンドに入れそうな状態になる。

「見かけによらず、あなたって遊んでいるのかもしれないわね。これまで何人くらいと経験したの？」

「いやあ、人数は大したことありませんよ。ただ、最初のときの人が」

大したことはないどころか、純一がセックスを経験しているのは、愛子と幸子の二人だけなのだ。一瞬、その愛子のことを言いかけたのだが、会って間もない相手に話すのもおかしく思えて、純一は口ごもる。

「だいたいわかるわ。初めての人って、年上だったんでしょう」

「え、ええ、そうなんです」

「ふうん、やっぱりね。どうやったら女が感じるか、ずいぶん教わったんでしょうね、彼女に」

「いえ、ぼくは夢中だったから、何がなんだかよくわかりませんでした」

「あら、だったらあなたの才能かもしれないわ」

「そんな、才能だなんて」

女の言葉を聞いて、以前に愛子からもそんなふうに言われたことがあるのを、純一は思い出した。

あなたはとっても飲み込みが早いわ。きっとセックスの才能があるのね。愛子は確か、そう言ってくれたのである。

「これだけじょうずにできたら、どんな女でもイチコロよ」

女はまた妖しい笑みを見せる。

「そんな、まさか」

「ううん、ほんとよ。これだって、こんなに回復が早いし」

ペニスをもてあそんでいた手の動きを速めながら、女は純一の体を舐めおろし、ふたたび硬直をぱっくりとくわえ込んだ。

「ああ、奥さん」

ペニスが完全に硬度を回復したのを確認すると、女は純一にまたがり、今度は騎乗位《きじょうい》で、ゆっくりと腰を沈めてきた。

第二章　女体にうごめく淫指

1

新宿駅で女と別れ、一人で電車に乗って家路につきながら、純一はこみあげてくる笑いを抑えることができなかった。

電車の中で股間《こかん》に触れてきた女が、ホテルにまで誘ってくれた。しかも、長らく忘れていた熟れた女の味を、久しぶりに思い出させてくれたのである。

ああ、最高だったな。やっぱりぼくには、ああいう経験豊かな女性のほうが合ってるのかもしれない。

たったいま抱いてきた彼女を、初体験の相手だった人妻の愛子にオーバーラップさせると、純一は股間に新たなうずきを覚えた。

大学時代から付き合いだした幸子と肉体関係を続けながらも、純一はどこか満たされない気分にさいなまれてきた。

それなりに美人で、なかなかのプロポーションをしている幸子なのに、何が不満なのか、これまで自分でもはっきりとは認識していなかった。

しかし、二人目の人妻を抱いた今夜、それがなんなのか、純一はうっすらとわかってきたような気がした。

まず、肉体が持つしなやかさがまったく違っていた。幸子の体は確かにぴちぴちしていて若々しいが、先ほどの女性のように、さわった手を吸いつけるような柔らかな弾力がない。

電車の中で指先が彼女のふとももに触れたときから、純一はその肌の感触に、すっかり魅せられてしまったのだ。

手ざわりばかりではない。実際に挿入《そうにゅう》したときでも、その抱き心地は、幸子を抱いたときとはまったく異なるものだった。

幸子の場合、肉路はしっかりとペニスを締めつけてくるものの、恥骨《ちこつ》のまわりがとがっているのか、正常位で交わると、下腹部が痛いほどの圧迫を受ける。

それを幸子に告げて、後背位《こうはいい》で交わろうとしたこともある。愛子が教えてくれた体位の中では、純一が一番好きな形だ。

ところが、そんな変態みたいな格好で抱かれるのはいやだと、幸子にはあっさり拒絶されてしまった。

仕方なく、幸子とはいつも正常位で行っているのだが、下腹部の圧迫で、放出の快感までが弱められてしまうような気がするのである。

一方、愛子にしても、きょう抱いてきた女性にしても、恥丘《ちきゅう》のふくらみはまろやかで、決して痛みや圧迫は感じなかった。

それどころか、そのふくらみが純一の下腹部とぴったりフィットして、なんともいえず心地よいのである。

ああ、興奮してきちゃったな。早くまたあのふとももにさわりたい。

ふたたび血液をみなぎらせはじめたペニスを、ズボンの上からなだめるようにそっと撫《な》でつけ、純一は早くも翌日に思いを馳《は》せていた。


翌朝も、彼女に会えることを確信して、純一は早い時間にアパートを出た。

ところが、赤坂見附駅で二十分ほど待ってみたが、女は現れなかった。これ以上待っていると、会社に遅刻してしまう。

後ろ髪を引かれる思いで、純一は銀座線の電車に乗り込んだ。

あしたは土曜日か。きょう会えなかったってことは、今度は月曜だな。せめて名前くらい、無理にでも聞いておけばよかった。

純一は真剣に後悔《こうかい》した。しかし、このときはまだ、月曜日になれば彼女に会えるという期待があった。

毎日、同じ電車に乗り合わせていたあの女性が、突然、消えてしまうのもおかしな話だし、ホテルでも彼女を失望させたとは思えない。それどころか、彼女は純一とのセックスを、存分に楽しんでいたはずなのだ。

ところが、月曜日になっても、朝の地下鉄に彼女の姿はなかった。火曜、水曜、木曜と、時間ばかりが無為にすぎていく。

この週の金曜日、純一は一時間も早くアパートを出てみた。何かの都合で、彼女が出てくる時間が早まったのかもしれないという、淡《あわ》い期待を抱きつつ、である。

しかし、結果は同じだった。

混み合った赤坂見附のホームで、きょろきょろしながら立ちつくす純一を、まるで突き飛ばすようにして、見知らぬ人々が通りすぎていく。

結局、相も変わらず不機嫌そうな顔をした通勤者たちに囲まれて、純一は満員電車に揺られなければならなかった。

あの人は、きっとただの遊びのつもりだったんだ。ああやって電車の中で相手を見つけて、気が向けばホテルに誘って、楽しんだあとは、ぽいってことか。

純一の心を、徐々にあきらめの気持ちが支配しはじめていた。

もともと痴女《ちじょ》的行為の標的にしてもらえただけでも幸運だったうえに、ホテルにまで付き合ってもらったのだ。あの女性を責める理由は何もない。

彼女に心を奪われていたため、幸子とのデートを、純一は一度キャンセルしている。今夜あたり、埋め合わせをすべきかもしれない、と思いはじめていた。

そのときだった。突然、純一の手の甲に、柔らかな女性の肌の感触が伝わってきたのである。

うっ、これは。

今朝の純一は、大きな書類袋を小脇にかかえている。そのせいで、右手はまっすぐ下におりているのだが、その手の甲に、ドアのほうを向いて立っている女性のお尻が当たったものらしい。

背中を向けているので顔は見えないが、柔らかな肉の感触は、痴女的行為をしてきたあの女や、愛子の肉体を連想させるものだった。

痴女との一件がなかったら、純一は黙って手を引っ込めていたに違いない。

しかし、まったくの偶然で、こうして女性のお尻に手を触れることができたのだ。このまま引きさがるのも、もったいないという気がした。

バレなきゃいいんだ。さわってやれ。

内心にんまりしつつ、純一はゆるゆると手を上下に動かしてみた。お尻の弾力が、いっそうはっきりと伝わってくる。双臀《そうでん》は、かなりボリュームがある。

幸子もそうだが、少しでも太めの体形をしている女性は、ガードルを身につけていることが多い。ヒップアップの効果があって、見た目にはいいものらしいが、手ざわりがごわごわと硬い感じがして、純一はあまり好きではなかった。

だが、いま触れているお尻からは、女性だけが持つ肌の柔らかさが伝わってくる。ガードルはつけていないようだ。

この人は、どんなパンティーをはいてるんだろうな。

純一の妄想《もうそう》が広がっていった。こうなると、パンティーのラインくらいは、手で確認してみたいという気になる。

右の腋《わき》の下にかかえていた書類袋を左手で支え、純一は右手に自由を与えた。狭い空間の中で、くるりと手を裏返す。手の甲よりも、できれば手のひらで彼女のお尻を撫《な》でてみたいと思ったからだ。

指の腹で、下から持ちあげるようにしてお尻に触れると、女の体がぴくりと反応した。さわられているのを、はっきりと認識したらしい。

それでも、彼女は振り向こうとはしないし、特に純一の手の動きを拒《こば》もうという姿勢も見せてはいない。

純一は、次第に大胆になっていった。手のひらをいっぱいに開き、右脚のふとものあたりからお尻に向かって、すっと撫であげてみる。

ああ、気持ちいい。弾力はたっぷりだし、こんなに柔らかい。

その手を、今度はお尻の左側に移し、さっきとは逆にふとももに向かって撫でおろしてみた。少しだけ女が首を曲げて後ろを見ようとしたが、途中であきらめたのか、そのまま前に向き直った。

なんだ、痴漢《ちかん》なんて、けっこう簡単にできるものなんじゃないか。

前に立った女性が、文句も言わずにされるがままになっているのを見て、純一は呆気《あっけ》なささえ覚えた。

あと一分ほどで、電車は虎ノ門駅に着くはずだった。それまで、とにかく思いきりさわってやろうと思った。

ふとももの上部を撫でまわし、指先でスカートに浮き出た線をなぞる。間違いなくパンティーのラインらしく、股下から腰に向かって斜めにあがっていく。

電車がスピードを落としはじめた。もう何十秒かしか残されていない。

純一はもう一度、右のふとももに手を這《は》わせ、そこからお尻へ、さらに左のふとももへと、大きく円を描くように、スカートの上から無遠慮に柔肌を撫でまわした。ペニスは硬くそそり立ち、ズボンを突きあげてくる。

きょうはラッキーだったな。この人のお尻の感触だけでも、たっぷりとオナニーはできそうだ。

電車が虎ノ門駅のホームに入ってドアが開くと、吐《は》き出される人たちに混じって、大満足の気分で純一もいったんホームに降りた。

そのときだった。いきなりだれかが純一の上着の袖をぎゅっとつかむと、大きな声で叫んだのだ。

「駅員さん、いませんか？　この人、痴漢です。だれか、つかまえてください。この人、痴漢なんです」

不意をつかれて、純一はあわてた。声の主は、ついいましがたまで、純一がお尻にさわっていた女性に間違いない。

せかせかと歩いていた人々の中には、立ち止まって二人のほうに目を向ける者も出てきはじめた。つかまった痴漢に、好奇の視線を浴びせてくる。

自分が置かれた立場を理解するにしたがって、純一の体に震えが走った。

なんてことだ、ぼくが痴漢でつかまってしまうなんて。

ほんの一瞬、魔が差したということかもしれなかった。しかし、純一が彼女に痴漢行為を働いたのは、まぎれもない事実だった。言いわけのしようもない。

「駅員さん、いないんですか？　痴漢なんです。早くつかまえてください」

なかなかやってこない駅員に腹を立てたのか、彼女の口調がきつくなった。

純一の頭の中に、会社の上司や同僚たちの顔が次々に浮かんだ。こんなことが会社に知られたら、クビになってしまうに違いない。それどころか、新聞に大きく名前が出て、郷里の両親にまで恥《は》ずかしい思いをさせることになるかもしれない。

絶望感が純一の心を包みだしたとき、純一とその女性を引き離すように、突然、一人の男が歩み出た。

「お嬢さん、痴漢はこの人じゃありませんよ」

彼女も純一も、びっくりしたように声の主を見つめた。年齢は四十代の前半くらい、びしっとスーツを着こなした、一見、紳士ふうの男である。

「この人じゃないって？　じゃあ、いったいだれだって言うんですか」

　放すものかというように純一の袖をつかんだまま、女はヒステリックに叫んだ。

「俺ですよ」

「えっ、あなたが？　そ、そんなはずないわ。あたしは確かにこの人に」

「いやいや、お嬢さん、あなたが間違えるのも無理はないんです。俺はこの青年のちょうど真後ろにいましてね、彼の横から手をのばしていたもんで」

　男は落ち着いて説明を続けた。純一にとっては、まるで救世主《きゅうせいしゅ》が現れたようなものだった。しかし、実際にさわっていたのは純一自身なのだから、この男がどうしてこんなことを言いだしたのかが理解できない。

「そんな、そんなはずないわ。痴漢はこっちの人よ」

　引っ込みがつかないのか、女は痴漢の犯人が純一であることを強調した。

　男は、困ったように首を振っている。

「いやあ、面目《めんぼく》ない。あなたみたいなすてきな人を見ると、ついつい手が出てしまうんですよ。さあ、この人は解放してあげてください。まったくの冤罪《えんざい》なんだから。俺と一緒に、駅長室へ行きましょう」

「そ、そんな」

女は、純一とその男の顔を見比べた。自信がなくなってきたのか、純一を見る目から怒りが消えかけている。立ち止まる人が増えてきたのを、気にしているようだ。

そして、とうとう女は、純一の袖から手を放した。

「わかったわよ。あ、あのう、間違えちゃったみたいで、ご、ごめんなさい」

ばつが悪そうに、女は目を合わせないまま純一に詫《わ》びた。

純一は呆気にとられるばかりで、どう答えていいのかもわからない。

「あなたには、すまないことをしました。ほんとに申しわけない」

今度は、男が純一に詫びてきた。純一の頭は混乱するばかりだ。

「それじゃあ、行きましょうか、駅長室へ」

男が女に言った。

「えっ？　ああ、も、もういいわよ。時間もないし。とにかく、こんなこと、二度としないでちょうだいね。迷惑なんだから」

それだけ言うと、ぷいっと背中を向けて、女は小走りに改札口のほうへ駆けていった。立ち止まっていた人々も歩きだし、いつもの混雑したホームの風景に戻る。

「あ、あのう」

純一は、男に何か言わなければいけないと思った。どういうわけかは知らないが、この男が絶体絶命のピンチを救ってくれたことだけは確かなのだ。

「よかったですね、解放してもらえて」

「はあ。ほんとに、あ、あなたのおかげです」

「さあ、あなたもお仕事にお急ぎでしょう。もう行かれたほうが」

男は純一をうながした。だが、このまま別れてしまうのも後味が悪い。

「あの、ぼく、こういう者です」

純一はあわてて名刺を差し出した。

「田代純一さん。ほう、設計事務所にお勤めですか。なかなかクリエイティブなお仕事ですね。おっと、それじゃ俺も」

男のほうも上着の内ポケットから取り出した名刺を、純一に差し出してきた。

『株式会社三田村《みたむら》物産　代表取締役社長　三田村祐介《ゆうすけ》』と印刷されている。

「あっ、あの、社長さんなんですか」

「いやいや、ちっぽけな貿易会社でしてね。細々《ほそぼそ》とやってますよ」

男は純一の名刺をしまいながら言った。

「ほんとに、助けていただいて、ありがとうございました。できれば何かお礼をさせていただきたいんですが」

純一は、真剣に感謝の気持ちを表したいと思った。痴漢の烙印《らくいん》を押され、会社から放り出される覚悟までしたくらいなのだ。相当な礼をしてもいい。

「そんな、大げさに考えなくても」

「いえ、それではぼくの気がすみませんから」

「なかなか義理堅いんですね、お若いのに」

男は、落ち着いた喋《しゃべ》り方をしていた。

「ああ、そうだ。お礼だとかなんかじゃなくて、せっかくお知り合いになれたんだし、どうです、暇《ひま》なとき、一杯やりませんか」

人のよさそうな笑顔を見せて、男が純一を誘ってきた。

「ええ、ぼ、ぼくのほうはかまいませんが」

「じゃあ今夜あたり、さっそくどうです？　あまりにも急すぎるかな」

「いいえ、けっこうです。喜んで」

幸子に会おうかとも考えていたが、いまはこちらのほうが大切だ、と純一は思った。なにしろこの三田村という男は、一瞬にして大恩人になったのである。

「俺の行きつけの店でね、こういうところがあるんですよ」

男は、今度はマッチ箱を取り出した。一瞬、先日の痴女が、駅で喫茶店のマッチを渡してきたときのことが、純一の頭をよぎった。

「場所は新宿なんですけど、かまいませんか」

「はい、帰る途中ですから」

「そうですか。俺はたぶん七時半ころから行ってます。仕事が終わったら適当な時間に来てみてください。あわてることはありませんよ。酒があれば退屈はしない男ですからね」

それだけ言うと、男は軽く手を挙げ、背中を向けて去っていった。

もう一度、マッチを渡して立ち去った痴女の姿を、純一は思い返していた。

2

指定された『ビルズ・バー』という店に純一が入ると、三田村はすでに来ていて、奥のボックスで飲みはじめていた。

「よく来てくれましたね。さあ、どうぞ」

店の中をぐるっと見まわし、純一は腰をおろした。ゆったりとした造りの、静かな雰囲気の店だった。ボックスはほぼ満席なのだが、ほかの席の話し声は、ほとんど聞こえてこない。

「いいお店ですね」

値段が高いのではないかと、少しだけ心配しながら、純一は言ってみた。お礼のつもりなのだから、きょうは多少高くついてもかまわないとは思っているが、財布の中身を超えてしまうと、さすがにきまりが悪い。

「静かな店なんでね、気に入ってるんです。でも、心配しないでくださいね。女の子が付く店じゃないから、そんなに高くはありませんよ」

純一の不安を見透かしたように、三田村が言った。そういえば、店にいるのはバーテンとボーイばかりで、客以外の女性の姿は見当たらない。

「同じものでいいですか」

水割りグラスを差しあげて、三田村が尋ねてきた。純一はウイスキーはあまり得意ではないが、今夜は彼に付き合うべきだろう。

「はい、お願いします」

ボーイが運んできたグラスに、三田村が水割りを作ってくれた。いかにも慣れた手つきである。

「あっ、すみません。自分でやりますよ」

「やあ、最初だけ。まあ、お近づきのしるしにと思ってね」

革製のコースターの上に水割りグラスを置き、三田村は自分のグラスを差しあげた。

「何に乾杯しましょうかね。ああ、そうだ。われわれを知り合いにさせてくれた、電車の中の例の女に乾杯しましょうよ」

「えっ？　は、はあ」

今朝のことが思い出されて、純一は顔が赤くなるのが自分でもよくわかった。

三田村には感謝しているが、できればあの件にはもう触れてほしくない。

とにかくかちんとグラスを合わせ、純一は琥珀《こはく》色の液体で唇を湿らせた。

「田代くん、でしたよね」

「はい。ほんとに今朝は、危ないところをありがとうございました」

「いやあ、そんなにかしこまらないでくださいよ。きみはあんなことをしたの、初めてなんでしょう？」

好奇心に満ちた目をして、三田村が尋ねてきた。もう触れてほしくないと思いながらも、相手が話題にしてしまうのだから仕方がない。

「ええ。なんて言ったらいいか、気がついたら、あの人のお尻にさわってたんです」

「なるほど。まあ、初めてのときっていうのは、みんなそんなものですよ」

「は？　あの、みんなって？」

三田村の口調だと、彼はしょっちゅう痴漢に出くわしていることになる。

「きみは俺に助けられたと思ってるのかもしれないけど、正直に白状すると、俺は痴漢の常習犯でしてね」

「ち、痴漢の、常習犯？」

純一はぽかんと口を開けたまま、目の前の三田村を呆然《ぼうぜん》と見つめてしまった。

彼はおかしそうに笑っている。

「ほんとなんですよ。もっとも、つかまるような痴漢はしませんがね。慎重に相手を選びますから」

「相手を選ぶって？　それじゃあ痴漢に遭っても、今朝の女みたいに突っかかってこない人もいるってことですか」

「もちろんいますよ」

純一は、三田村の話に興味を覚えた。自分から痴漢行為を働いたのは今朝が初めてだが、咎《とが》められずに済むのなら、何度でもやってみたい。

実際にやらないまでも、経験者の話を聞くだけでも、なかなか面白そうである。

「痴漢の話なんて、つまらなければ話題を変えますよ。どうしますか」

「いえ、ぜひ聞かせてください。ぼくも、その、す、すごく興味がありますから」

また少しだけ頬《ほお》が赤らむのを感じつつ、純一は三田村をうながした。

「そうですか。あんまり他人に聞かせる話じゃないかもしれないけど、お知り合いになったきっかけがきっかけだから、座興《ざきょう》だと思って聞いてもらいますかね。気楽な話なんだから、ゆっくりしましょうよ」

笑いながら三田村はボーイを呼び、何品かのつまみを注文した。

酒が入ってくると、三田村は次第に饒舌《じょうぜつ》になり、十年くらい前から痴漢行為にのめり込んでいると告白した。

小さいながらも貿易会社を経営している彼は、べつに朝早くから出勤の必要はないのだが、満員電車を楽しむために、わざわざ早く家を出てくるのだという。

「もう習慣になっちゃったからね、ゆっくり寝ていようと思っても駄目なんだ。ああ、もう朝か、地下鉄に乗らなくっちゃ、なんてね」

「毎朝、してるんですか、痴漢を」

「いや、なかなかそうはいかないよ。相手を選ぶからね。毎朝トライはするけど、目をつけた女がいい反応を見せなかったら、それ以上、深追いはしないんだ。相手に失礼だからね」

口調も徐々に打ち解けてきた。丁寧語《ていねいご》が消えて、先輩と後輩が話しているような雰囲気になる。実際、痴漢行為に関しては、そういう関係の二人なのだ。

「相手はどうやって選ぶんですか」

「ひと口には言えないな。ただ、痴漢をやるんなら地下鉄に限るよ。窓ガラスに顔が映るからね」

「あっ、なるほど。窓ガラスに映った顔で、相手の気持ちを判断するんですね」

「そのとおり。さわってやろうと思う相手は、ホームで乗り込むときに決めておくんだ。偶然に女性が目の前に来るとは限らないからね。ただ、最初にさわってみたときに、その女性がどう反応するのかを見なくちゃならないだろう？　だから、できるだけ相手がドアの近くで、外を向いて立つように仕向けるんだ」

純一は、三田村の言葉に、いちいちうなずかなければならなかった。電車の中で黙って女性にさわるのに、まさか相手の反応にまで気を配っているとは思わなかった。

「これはと思った女のお尻に、手の甲で軽く触れてみるんだ。そのとき相手がどんな顔をするのかを、きちんと窓の中で見ながらね」

「それで、相手の反応をうかがうんですね」

「うん。手の甲が触れたくらいで、キッと睨《にら》むような表情をしたり、腰をくねらせて手を振り払おうとしてきたら、もうそこでやめるべきだ。その女性は痴漢に対して、完全に嫌悪感を持っていることになるからね」

「でも、自意識過剰《かじょう》な女っていうのも、いるんじゃないですかね。そういうの、ぼくは嫌いだな。だれがおまえなんか、って気になっちゃいそうで」

「おいおい、さわらせていただくのはこっちだよ。そういう女性がいたとしても、敬意だけは表さなくっちゃ。申しわけありません、あなたにはもう決してさわったりいたしません、ってくらいの気を持たないと、痴漢をやる資格はないな」

「資格、ですか」

三田村の話は、なんだか『痴漢道』という雰囲気になってきた。純一は、ますます話に引き込まれる。

「新聞とか雑誌には、痴漢にさわられたいと思っている女もたくさんいるなんて話が、面白おかしく書いてあるだろう？」

「ええ、ぼくもそんな記事を読んだ覚えがあります」

「あれは、男の読者を喜ばせるために書かれたものでね、現実にはそんな女はきわめてまれなんだ。ほとんどいないって言ってもいい。男と違って、女はセックスに関しては、好きな相手以外には厳しいのが普通だからね」

「それじゃあ、どんな女性にさわればいいんですか」

三田村の話が事実なら、純一には、痴漢など実行不可能な行為に思えてくる。

「そこがポイントなんだよ。これは俺の場合に限ってだけど、二十代前半くらいの若い女性は避けてるんだ。彼女たちは大部分が恋の真っ最中だろうし、恋人以外には髪の毛にさえ触れてほしくないと思ってる子が多いからね」

「そういうものでしょうか」

「世の中で言われているほどには、いまの子たちもさばけてはいないのさ」

三田村のこの言葉で、純一は幸子のことを思い出した。二十三歳の幸子だが、性に関しては相当に古い考え方を持っている。恋人である自分にさえフェラチオもしてくれないのには、大いに不満を感じているのだ。

その点、初体験の相手だった愛子や先日の人妻は確かにさばけていて、お互いにセックスを楽しもうという姿勢がうかがえた。

「だからね、俺の標的はだいたい三十代の女性なんだ。もう少し上でもいいが、通勤するＯＬにはあまり年齢の高い人はいないしね。それに、三十代っていうのは、女としてセックスの楽しさもわかってくるのに、逆に夫たちの目は若い女の子のほうに向いてしまって、相手にされなくなる時期なんだ」

「そういう人なら、さわられたがってるかもしれませんね」

「うーん、そこまで言うと言いすぎかな。でも、二十代のＯＬより、確かにガードは甘くなってるよ。きみ、ガードルって下着を知ってるかい？」

「ええ、知ってます。女の人が、ヒップアップのためとかにつけるやつですよね」

「そうそう。三十をすぎるくらいになると、大部分の女性が体形の崩れを気にして、ガードルを身につけるようになるんだ。ところが、中には決してガードルははかないって女がいる。体が細いのならわかるよ。でも、むしろ太めの部類の女が、あえてつけなかったりするのさ。なぜだと思う？」

「つまり、さわってほしいってことですか」

「そう。痴漢にとっても、ガードルの硬い感触はありがたくないけど、女のほうもね、せっかくさわられても、ガードル越しじゃあ感じることができないってわけだ」

謎が一つ解けたというようにうなずく純一を見て、三田村はうまそうに水割りを喉に流し込んだ。

「ところで体形の好みだけど、俺はグラマーが好きでね。きみは？」

「ぼくも、どちらかと言えばそうです。やせた人は苦手ですから」

「そうか、それなら話が早い。俺の経験からいくと、痴漢をする絶対の狙い目は、三十代の太めの女性なんだ。そのくらいの女性で、好みに近い人を見つけたら、さっき言ったように、なんとか顔が窓に映る位置関係を保って、ちょこっとお尻を撫でてみるといい」

「それで、反応を見るんですね」

「うん。でも、そう簡単には成功しないよ。これはと思ってさわってみたら、ガードルでばっちりガードされてた、なんて場合が多いんだから」

「そういうときは、素直にあきらめるわけですね」

「ガードルをはいていても、さわらせてくれる女もいるにはいるけど、さわってもこっちが面白くないからなあ」

「はあ。でも、今朝の女の人は、ガードルははいていませんでしたよ」

「おやおや、まだ彼女に未練があるのかい？」

「いえ、べつにそういうわけじゃ」

純一は少しだけむっとした。ただ、ガードルの話が出たので、今朝触れた、柔らかいお尻の感触を思い出してしまっただけなのだ。

「ごめん、ごめん。からかうつもりじゃなかったんだ。今朝の女は、確かに年齢は三十くらい、それにかなりのグラマーだったよな。でも、彼女は痴漢にさわられたいんじゃなくて、たぶんスタイルに自信を持っているタイプなんだ。ガードルをはかないのは、そんなもので締めつけなくても、充分に形を保てるっていう自信の表れなんだろうね」

「ああ、なるほど」

純一は、足早に改札口に向かっていった、今朝の女の後ろ姿を思い出してみた。確かに、なかなかすばらしいプロポーションをしていた。スタイルに自信を持っていたのだろうという、三田村の言葉もうなずける。

「それからね、田代くん。スカートの中とか、ましてやパンティーの中にまで手を入れようなんて、絶対に考えちゃ駄目だよ」

「そ、そんなことは」

「わかってるとは思うけどね、いくらさわられたいという気持ちがある女でも、知らない男にそこまではしてほしくないはずだ。こっちはお尻やふとももをスカート越しに撫でて満足し、女のほうもソフトにタッチされてうっとりする。これで充分なんじゃないかな」

「そうですね。ぼくもそう思います」

「実際、俺が痴漢をするのも、その相手とセックスまでしたいと思ってのことじゃないんだ。知らない女のお尻にさわって、こっちはなんだか興奮して、相手は相手でなんとなくうっとりした表情を見せてくれたりすると、その晩、女房と燃えちゃうんだ。あっ、ごめん、きみはまだ独身だったね」

今度は、三田村のほうが照れて赤くなった。その表情が、純一にはとても好ましく感じられた。

「結論を言えば、痴漢にも守るべきルールがあるってことなんだ。痴漢は女性の敵みたいに言われてるけど、俺は自分がそうだとは決して思ってないよ。その代わり、思う存分さわることができるのは、せいぜい週に一人か二人だけどね」

「でも、相手も決して三田村さんを恨《うら》んだりはしないわけですよね。いいなあ、そういうのって」

「わかってくれたみたいだね。そう、お互いに納得し合えるのが一番なんだ。そうしておけば、中にはセックスまで進める相手だって出てくる」

「ほ、ほんとですか」

「ああ、ほんとだよ。この時間にこの駅に来ればこの人に会えるとわかって、何度かお尻をさわっているうちにね、会うとお互いに、なんとなく会釈を交わすようになっちゃうこともあるってわけだ。まあ、例外みたいなものだけどね」

「へえ、いいですねえ」

うらやましそうに言いながら、純一は電車の中で股間に触れてきた痴女の顔を思い浮かべていた。彼女との一件がなかったら、純一が痴漢行為を働くこともなかっただろう。

「きみ、恋人くらいはいるんだろう？」

「え、ええ、一応は」

「一応でもなんでもいいさ。俺が言ったように痴漢をすれば、彼女のためにもなると思うよ。きみ自身が燃えてくるはずだからね」

「はあ、そうかもしれませんね」

三田村の言葉にうなずいてはみたが、幸子との関係がこれ以上よくなるとは、純一にはなかなか思えなかった。幸子は、セックス自体が好きではないような気がするのである。

「ところで、どうだい。今度は実際にやってみるかい？」

「はあ、できれば」

いろいろと教わって、頭の中ではできるという気もするのだが、実際に相手を選び、三田村が言うような手順を踏むことを考えると、純一にはまったく自信がない。

「最初は、俺の知っている女性と試してみるといいよ」

「三田村さんが知ってる女性って、つまり、その」

「そう、俺が自分で選んで、トライして成功した女性だ。いまでも、誘えば出てくる子が何人かいる。きみさえよかったら、紹介してあげるよ」

「ほんとですか。それは、ぜひお願いしたいですね。なんだか夢みたいだな」

「そんなに大げさに考えなくてもいいよ。基本的には、痴漢行為なんてこれでいいのさ。公衆の面前で相手が困るのを見て喜ぶ、なんていうのは、単なる変態だからね。相手も納得していて、周囲の人に気づかれずに二人で楽しめれば、それが最高だよ。そうは思わないかい？」

「ええ、ほんとにそのとおりですね」

純一は興奮していた。ひょんなことから地下鉄の中で痴女に出会い、彼女に刺激された結果、初めて痴漢行為をしてしまった。その女性に咎められたのを三田村に救われ、いまこうして、彼から『痴漢道』を伝授《でんじゅ》されているのである。

その三田村が、今度は痴漢行為をするための相手まで紹介してくれるのだという。

考えてみれば純一だって、いやがっている女性に無理にさわりたいとまでは思わなかった。周囲にたくさんの人がいる中で、二人以外にはだれにも気づかれずに、存分に女性の柔肌にさわることができたなら、それだけで充分に興奮するはずなのだ。

「相手のことは、俺に任せてくれるかな」

「ええ、もちろんです。よろしくお願いします」

注文などつけられるはずもなかった。たとえ好みでない女性がやってきても、純一は夢中でその女性に痴漢行為をすることとだろう。

「向こうの都合もあるから、こっちからきみに連絡させてもらおうかな」

「はい、いつでもどうぞ。あっ、いま電話番号を書きますから」

純一はもう一枚名刺を取り出し、裏にアパートの電話番号を書いて三田村に渡した。

「一人住まいのアパートですから、夜中でもいつでもかまいません」

「わかった。それじゃ、相手の都合を聞いてから電話するよ。それより、今夜はまだ早いし、どうかな、もう一軒」

「はい、ご一緒させていただきます」

痴漢行為の現行犯という汚名から救ってくれた三田村に、純一のほうがご馳走するつもりで来たのに、結局は三田村に払わせる結果になってしまった。

「すみません。こちらがお礼をするはずだったのに」

「いいんだよ。これでも一応は社長だから。それに、今夜は俺も楽しかったしね」

次の店でも話は大いに盛りあがり、純一がアパートに帰り着いたのは、午前一時すぎだった。

翌朝の純一は、少しだけ早めにアパートを出て、寄り道もせずに会社に直行した。きのう痴漢行為を咎められた女性には、絶対に会いたくなかったからだ。

それでも、満員電車の中では、女性の体に触れたりはしなかったものの、三田村から教わったターゲットの選び方を実践してみた。

赤坂見附のホームで周囲を見まわし、一人の女性に狙いをつけた。二十代後半くらいに見える、小柄な女性だった。

車内になだれ込む際に、彼女を戸口に近い場所に立たせようとすると、それは案外簡単にできた。混み合った車内だけに、純一が故意に押しても、彼女はラッシュのせいだと思ったらしい。

なるほど、この位置に立てば、相手の表情が窓に映るんだ。

目を閉じてじっとしている女の表情を見つめていると、ついついお尻に触れてみたいという衝動に駆られたが、純一はやっとのことで我慢した。

三田村から電話がかかってきたのは、一緒に飲んだ日から四日後の晩だった。

「いやあ、手間取ってしまって申しわけない」

「いえ、とんでもないです。わざわざありがとうございます。それで、あの」

「うん、相手と連絡が取れたよ。あすの朝なんだけど、大丈夫かな」

「平気ですけど、何時ごろですか」

「場所も時間もきみに合わせるそうだ。もちろん、最初は俺も一緒に行くがね。俺は同じ電車には乗らないから、まあ二人で楽しんできてくれよ」

「はあ、ありがとうございます。それじゃあ、八時半に赤坂見附のホームってことでどうでしょうか」

「ああ、わかった。彼女にもいまから連絡しておく。このあいだ俺が話したこと、くれぐれも忘れないように頼むよ」

「はい、もちろんです。いろいろとすみません」

電話を切ると、純一の興奮は一気に盛りあがった。

三田村さんはどんな相手を連れてきてくれるんだろう？　あの痴女みたいな女の人だったらいいんだけど。

まだ見ぬ女性に思いを馳せていると、それだけで純一のペニスは硬く勃起《ぼっき》した。ズボンの前を突きあげてくる。

「ああ、奥さん」

想像の対象を電車の中で股間を撫でてきた痴女に移し、いつしか純一は硬直を握りしめ、快感のきわみに向かって突っ走りはじめていた。

3

翌朝の赤坂見附駅は、いつものように通勤途上のサラリーマンでごった返していた。不機嫌そうな表情も、まったく変わってはいない。

そして、八時半ぴったりに、目の前に三田村が現れた。今朝もスーツでびしっと決めている。

「おはよう」

「おはようございます。いろいろとお手数をおかけしまして」

挨拶《あいさつ》を交わしながら、純一はついきょろきょろしてしまった。三田村は一人のようだった。女性の姿はない。

「あのう、相手の人っていうのは」

「ちゃんと連れてきてるよ。ほら、あそこの階段の横に立ってる女性だ。見えるだろう?」

純一は、三田村が指差すほうに目を向けた。売店と公衆電話に挟まれた狭い空間に、濃紺のツーピースを着た女性が立っている。

間の人が邪魔になって、はっきりとはわからなかったが、なかなかいいスタイルをしているように見えた。

「きょうのお相手は彼女だよ。もう向こうはきみを確認済みだ。彼女がこっちへ歩いてきたら、黙って後ろから電車に乗り込むんだ。いいね、あとはこの前、話したとおりにすればいい」

「は、はい、わかりました」

女性のほうを見つめたまま、純一は大きく息をついた。相手が承知とはいえ、これから痴漢をするのだと思うと、どうしても緊張してくる。

三田村は女性のほうに片手をあげて合図をしてから、純一の肩をぽんと叩いて去っていった。

優雅な仕草《しぐさ》で、ゆっくりと女が近づいてきた。目立たない服装だが、体の線は確かに美しかった。ウエストのくびれが特にセクシーだ。

女は黙って電車を待つ列に加わった。あわてて純一もその後ろにつく。ハイヒールをはいているが、それでも背は純一の顎《あご》のあたりまでしかない。

白いうなじが目の前に迫り、同時に、ほんのりと香水の甘い香りが純一の鼻をくすぐってくる。

ホームに電車が入ってきた。降りる客が済むと、殺気立った雰囲気で、人々が乗り込んでいく。純一は、絶対に彼女から離れないようにして、車内に入った。

女のほうも心得たもので、うまく体を回転させてドア寄りの位置を占めた。ぎゅうぎゅうに詰め込まれた乗客の中で、純一は彼女の背中にぴたっと体を押しつけていた。

電車が動きだすと、純一はおずおずと右手を女の腰に這わせた。ドアのガラスに映った女が、純一と目を合わせて、うっすらと笑みを浮かべる。

腰に置いた手を、なめらかな生地の感触を楽しみながら、純一はお尻のほうへおろしていった。小柄だが、お尻の肉づきはたっぷりしていた。ウエストが締まっているので、余計にそう感じるのかもしれない。

純一の手は、やがてお尻からふとももへとかかった。揉《も》むようにして、柔肌の弾力を楽しむ。

あれっ、おかしいな。

スカート越しに彼女のお尻やふとももを撫でているうちに、純一はあることに気づいた。スカートの上に、パンティーのラインが浮き出ていないのだ。

ブラウスの裾《すそ》の存在は指先で確認できるものの、パンティーの縁《ふち》を示すラインは、お尻全体を撫でまわしても指に当たってこない。

もしかして、この人はパンティーをはいていないのかもしれない。

そう思うと、先ほどから勃起しはじめていたペニスが、いっぺんに硬さを増して、ズボンを突きあげてきた。硬直した肉棒は、そのまま彼女のお尻に押しつけられる。

ガラスに映った女の顔が、また一瞬、笑ったような気がした。すると、わずかに右のほうへ振り向きながら、純一の耳もとに、下から女がささやいてきた。

「スカート、まくってもいいのよ」

車内は轟音《ごうおん》に包まれていたし、ほかの乗客に聞かれたとは思えなかったが、彼女の声は、どきっとするほど鮮明に聞こえた。

純一は、右手の指先に神経を集めた。スカートの生地をつまみ、そろりそろりとまくりあげていく。

苦労しそうだと思ったが、内側のすべりがいいのか、案外簡単にスカートは引きあげられ、純一は裾から右手を侵入させた。

赤坂見附のホームで歩いてくるのを見たとき、そうではないかと思ってはいたのだが、女はストッキングをはいていなかった。すべすべの地肌が、じかに手に触れてくる。純一の手のひらが熱を持っているのか、彼女の肌はやけに冷たく感じられた。

ああ、柔らかい。とってもいい感じだ。

愛子や例の痴女と同じで、この女性の肌も、まるで手のひらが吸いつけられるように柔らかな弾力をたたえていた。

その柔らかさを味わいつつ、純一は手を上に移動させはじめた。ふとももの肉づきは申し分なく、左右の内ももに手を挟まれると、このまま射精してしまうのではないかと心配になるほどの心地よさを覚えた。

からからに渇いてきた喉を、口の中の唾液《だえき》をかき集めて飲み込み、なんとか潤《うるお》した。さらに手をすべりあげる。

あと少しで付け根というあたりで、純一は指先に湿り気を感じた。いや、湿り気どころではない。明らかに、あふれ出た蜜液のぬめりを感じたのだ。

やっぱりだ。この人、パンティーをはいてない。

その事実を確かめようと、純一は一気にももの付け根まで、手をすべりあげた。思ったとおり、純一の手をさえぎるものは何もなかった。

しばらくすると、女が少しだけ脚を開いた。好きなようにさわってかまわないという合図らしい。

純一は、股間を通して、指先を彼女の下腹部へのばしてみた。少し右肩をさげて、窮屈な格好にならざるを得ない。

指先にからみついてくる愛液の量が、ぐっと増えた。柔らかな内ももは、すでにたっぷりと濡《ぬ》れてしまっている。できることなら、もっと指先をのばして秘唇や肉芽《にくが》をなぶってみたいところだが、残念ながら、そこまでは指が届かない。

それでも、女は切なそうな目をして、窓ガラスに映った純一を見つめてきた。体全体を、後ろにいる純一にもたせかけてくる感じだ。

次の駅まで、もう一分も残されていないかもしれない。純一は、秘肉への直接の愛撫《あいぶ》はあきらめ、最後の一瞬まで、この柔らかいふとももの感触を味わってやろうと決めた。

蜜液に濡れた指先で、弾力のある柔らかいふとももを、左右交互に撫でまわす。すべすべだった肌が、愛液のせいで、ぬるぬるした感触に変わっていく。

そのとき、思いがけず、女が左手を後ろにまわしてきた。純一の硬直と自分のお尻の間に、無理やりその手をねじ込んでくる。

「うっ、ううっ」

女の手が、そそり立ったペニスをズボンの上からぎゅっと握りしめてきた。純一はたまらずにうめき声をもらす。

「硬いわ、とっても。すてきよ」

女のささやきに刺激され、純一はもう一度、右手に力をこめた。柔らかな内ももに挟まれた手を、かまわず向こうに押し込むと、親指の先が、蜜液に濡れた秘唇に触れた。そのまま淫裂《いんれつ》を割って、親指を肉路に侵入させる。

「ああっ、あうっ」

体をぴくぴくと痙攣《けいれん》させて、今度は女がうめいた。両ももに力が入り、純一の手をぎゅっと締めつけてくる。

それから数秒ののち、スピードを落とした電車は、虎ノ門の駅にすべり込んだ。純一は、あわてて右手を引き抜くと、女のスカートをもとに戻し、降りる客に混じってホームに出た。

「すごくよかったわよ。あしたもお願いしようかしら」

振り向いて、わずかに上気した顔で言うと、女はゆっくりとした足取りで、改札口のほうへ消えていった。

「彼女、きみのこと、すごく気に入ったらしいよ」

三田村が純一に電話をかけてきたのは、その晩の十一時少し前だった。

「ぼくのほうこそ、ありがとうございました。パンティーをはいてなかったんで、びっくりしちゃいましたけどね」

「あの子はいつもそうなんだ。あれでも三十二歳の、れっきとした子持ちの人妻なんだがね」

「へえ、そうなんですか。あしたもお願い、とかなんとか言ってましたよ」

「うん、きみさえよかったら、また楽しみたいらしいよ。どうする?」

「ぼくはかまわないに決まってるじゃないですか。こちらからも、ぜひお願いしたいくらいです」

「そうか。じゃあ、決まりだな。時間と場所は、今朝と同じってことでいいな」

純一は、またわくわくしてきた。自分の幸運が信じられない思いだ。

「田代くん、ひょっとすると、あしたはオマケがつくかもしれないぞ」

「はあ?　オマケって」

「それはあすのお楽しみってことにしておこうよ。それじゃ、おやすみ」

電話を切ると、純一の脳裏《のうり》に、今朝の女性の顔が浮かんできた。ぽっちゃりした、やさしい顔だちの女性だった。

とたんに、手にふとももの柔らかな感触がよみがえり、ペニスは一気に硬度を増した。三田村の電話の前に、すでに一度、欲望のエキスを放出していたにもかかわらず、たまらなくなった純一は、迷わず二度目に突入していった。

翌朝も、前日と同じように、純一はホームで彼女と出会い、赤坂見附から虎ノ門の駅までの短い区間で、柔らかな弾力をたたえたふとももの感触を、思う存分、味わった。

虎ノ門のホームで、女は何も言わずに一枚の白い封筒を差し出し、純一が受け取ると、にっこりほほえんで立ち去った。

これが、三田村さんの言っていたオマケなんだろうか。

すぐにその場で開けてみたい気持ちを抑え、純一はふたたび地下鉄に乗り込んで京橋の会社へと向かった。

会社に着くとトイレに直行し、個室に入って封筒を取り出した。中には一万円札が一枚と、走り書きのメモが入っていた。

〈あなたの指、とってもすてきでした。よかったら、今夜も付き合ってほしいの。新宿の『アテネ』という喫茶店で六時半ころから待ってます。お店の電話番号は、○×○×です。同封のお金はホテル代だと思ってください。由起子《ゆきこ》〉

メモを読んで、純一はぎくりとした。由起子と名乗るこの女性が、純一に抱かれたがっているのはわかる。しかし、待ち合わせに指定してきた場所が、例の痴女と一緒なのである。

偶然なんだろうか？　それとも。

少しだけ納得のいかない部分もあったが、そんなことはどうでもよかった。とにかく今夜、彼女を抱けるのだと思うと、それだけで股間がうずいた。

その晩の『アテネ』は混んでいた。時間どおりに純一が来てみると、黒いワンピース姿の彼女が、隅の席に腰をおろしていた。周囲に気を配るように、小さく手を挙げて合図を送ってくる。

「あのう、田代です。どうも」

どう挨拶していいのかもわからず、純一はとにかく彼女の正面に座った。ウエートレスにコーヒーを頼み、あらためて目の前の彼女を見つめる。

すでに二度会っているが、朝見たときよりも若い感じがした。三田村の話によると三十二歳ということだが、二十代の半ばと言っても充分に通用するだろう。

「ああん、恥ずかしいじゃないの。そんなに見ないで」

照れたように女が言う。

「あっ、すみません。つい」

女は、ややおどおどしていた。こうして男と会っていることにさえ、どこか後ろめたさを感じているのかもしれない。

純一は、彼女の場合、向こうの出方を待っているのはよくないと判断した。ホテル代もすでに受け取っていることだし、ここは堂々とこちらから誘ってやるべきだ、と思ったのである。

コーヒーをひと口すると、純一が先に口を開いた。

「由起子さん、でしたよね」

「本名よ。でも、そんなふうに名前で呼ばれるのも恥ずかしいし、『奥さん』とでも呼んでくれればいいわ」

「は、はあ」

ここで、純一はまたどきっとした。自分のことを『奥さん』と呼べというのも、あの痴女と同じなのだ。あるいは、不倫に走る人妻に共通の願望なのかもしれない。

「それじゃ、奥さん。そろそろ行きましょうか」

ほとんどコーヒーも飲まないまま、純一は伝票をつかんで立ちあがった。目を伏せて、頬を赤らめながら、由起子は彼に従う。

道に出ても、由起子はなんとなくおどおどしていた。楽しげにホテルまで歩いた例の痴女とは、だいぶ様子が違う。

純一が黙って肩を抱くと、やっと少し落ち着いたように、由起子は頭をもたせかけてきた。ほんのりと香水の匂いが漂ってくる。

「ホテルは、ぼくの知ってるところでいいですね」

そう尋ねると、由起子は黙って小さくうなずいた。純一の心の中に、今回は自分がリードしているのだという自信が湧《わ》いてくる。

ホテルも痴女のときと同じ場所を使うことにした。例の五階の部屋は空いておらず、仕方なく七階の一室を選ぶ。

キーを受け取ってエレベーターに乗ると、純一のほうから由起子を抱き寄せ、唇を吸った。無遠慮に舌を侵入させる。

「んぐ、むむ、うぐぐぐ」

苦しそうにうめき声をあげつつ、由起子も舌をからめてきた。ズボンを突きあげている硬直を押しつけると、彼女もそれに下腹部をなすりつけるようにして身もだえた。

七階に着き、純一は、はやる気持ちを抑えながら鍵を開けた。もどかしそうに靴を脱ぎ捨て、抱き合ったまま二人は部屋になだれ込む。

もう一度、激しく唇を吸い、純一は由起子のスカートをまくりあげた。

ガーターベルトで吊《つ》られたストッキングをはいていたが、予想どおり、股間を覆《おお》うものは何もなかった。

あらわになったふとももの地肌に指を這わせると、あふれ出た愛液が伝ってきていた。すでに、ストッキングの上端までも濡らしている。

「奥さん、すごいですね。ぐしょぐしょじゃないですか」

「そうよ。あなたに抱かれるって考えたら、それだけで、あたし、こんなに濡れちゃったの」

純一は背中のファスナーをおろし、由起子の体からワンピースをはぎ取りにかかった。黒いレースのブラジャーと、それとは対照的な、透き通るように白い肌が現れた。布を最小限しか使っていないカップから、豊かなふくらみが、いまにもこぼれてしまいそうだ。

ワンピースを床までおろしきると、由起子はそこから黙って足を抜いた。

ブラジャーとガーターベルト、それにストッキングだけになった由起子を、純一はベッドに押し倒した。

首筋にキスの雨を降らせ、ブラジャーのフロントホックをはずした。こぼれてきたふくらみに、唇を寄せる。

「ああっ、ううん、ああ」

純一が乳首を口に含んで舌先でころがすと、由起子は激しく身をくねらせて反応した。乳暈《にゅううん》の広がりから比べると、彼女の乳首は小さかった。それでも、舌先に触れているうちに、たちまち硬くとがってくる。

純一の右手は、由起子の体をいったん膝《ひざ》まですべりおりてから内側に移動し、ゆっくりとももの付け根に向かって上昇していった。

内ももの柔らかさを味わい、やがて指先は秘唇に到達した。蜜液でぬるぬるした淫裂をなぞると、由起子の体がぴくぴくっと震える。

突然、由起子が右手を頭の上に差しあげた。

「ねえ、田代くん。お願い。あたし、腋の下がとっても感じるの。だから、ううっ、こ、ここを、舐《な》めてちょうだい」

リクエストを受けた純一は、乳首から口を離し、由起子の右の腋の下に唇を這わせた。丁寧《ていねい》に剃《そ》られてはいるが、細かい毛穴の感触が舌先に当たってくる。

円を描くように舐めまわすと、由起子は腰を突き出して反応した。花芯《かしん》には、さらにじゅっと蜜液があふれてくる。

腋の下をソフトに舐めまわしながら、純一の指先は肉芽を求めて動きまわった。淫裂の合わせ目に探り当てると、すでに硬くとがったクリトリスは、燃えるように熱く感じられた。

「ああん、たまらないわ。ああっ、田代くん」

由起子のあえぎ声が、純一の気持ちをいっそう昂《たかぶ》らせた。早くズボンを脱いで硬直を解放してやりたいところだが、せっかく感じている由起子を、ほんの短い時間でも放置しておくわけにはいかない。

純一は、このまま由起子をオーガズムに導いてみたいと思った。腋の下への愛撫にスピードを加え、同時に中指の先でクリトリスをもてあそぶ。

「駄目。駄目よ、そんな。ああっ、いく、いっちゃう。ああっ」

宙に向かって腰を突き出し、由起子は全身をがくがくと痙攣させた。やがて力が抜けて、ぐったりとなる。呆気なく達してしまったらしい。

眉間《みけん》に皺《しわ》を寄せ、ぎゅっと目を閉じたまま、由起子は純一の頭を自分のほうへ引き寄せようとした。

荒い息を吐く由起子の頬に軽くくちづけし、純一はその体を抱きしめる。

「ごめんなさいね、あたしばっかり」

簡単にクライマックスを迎えてしまったことが恥ずかしかったのか、頬を赤らめて由起子が詫びた。

「いいんですよ。でも、ほんとにいけたんですか」

「ええ、ほんとよ。自分でもびっくりするくらい感じたわ。田代くん、あなた、若いのにとってもじょうずなのね。どこで覚えたの？」

「そんな、どこでってほどのものじゃありませんよ」

今度は純一のほうが照れた。セックスを褒《ほ》められるのも、痴女のときと同じだ。

純一には、自分のテクニックがそれほどすぐれているとも思えなかった。しかし、由起子が実際に感じてくれたのだとすれば、やはり初体験の相手だった愛子の指導の賜物《たまもの》なのだろう。

「ねえ、あたしだったら、もう大丈夫よ。あなたも、早く出したいでしょう」

そう言って、由起子が純一の股間に手をのばしてきた。ペニスが完璧に勃起したままなのを確認すると、含み笑いをもらす。

「あたしに食べさせて、あなたのこれ」

耳もとにささやくなり、由起子は純一の体をすべりおりた。慣れた手つきでベルトをゆるめると、あっさりズボンとブリーフを引きおろし、足首から抜き取ってしまった。さらに硬さを増した純一のペニスは、由起子に対して完全に裏側を見せて、下腹部に貼りついている。

「すっごーい。こんなになってる」

肉棒の根元に手を添えて、由起子は感嘆《かんたん》の声をもらした。

唇を寄せたかと思うと、一気にぱっくりとくわえ込んでしまう。

「ううっ、お、奥さん。ああ」

由起子の口内のぬめりは、純一に新鮮な刺激を与えた。もともと、女性の口にペニスを挿入することには、大きなロマンを感じていた。幸子がしてくれないので、余計に感じているのかもしれない。

苦しそうにくぐもったうめき声をもらしつつ、由起子は首を振りはじめた。舌の使い方がじょうずなのか、一定のリズムでペニスが出し入れされているにもかかわらず、純一はさまざまな方向から肉茎《にくけい》を舐められているような錯覚を覚えた。

「奥さん、あんまり強くされると、このまま、ううっ、い、いってしまいそうです」

由起子の髪の毛をかきむしり、純一は爆発の近いことを知らせた。それに気づいた由起子は、肉棒から口を離し、また妖艶《ようえん》な笑みを見せる。

「ふふっ、あなたの濃いのを飲んでみたい気もするけど、あたし、やっぱり入れてほしいわ。いいでしょう？」

由起子は純一の体を這いあがってきた。抱きしめて唇を合わせながら、純一は体勢を入れ替えた。由起子に覆いかぶさる。

脚をからめると、膝にストッキングのナイロンの感触と、内ももの柔らかさを同時に感じた。硬直したペニスが、由起子のふとももに押しつけられる。

「奥さん、あの、避妊のほうは？」

「今夜は大丈夫。そのまま、来て」

大きくうなずいて、純一は体を由起子の脚の間に移動させた。由起子の右手がのびてきて、硬直の根元をそっと握った。入口へと誘導してくれるらしい。由起子の顔の真横に左手を置いて上体を支え、右手は乳房にあてがった。由起子の誘導に従って、純一は腰を進める。

肉棒が淫裂に達すると、亀頭《きとう》の先端にはっきりと蜜液のぬめりを感じた。由起子がびくんと全身を震わせる。

「いいわよ、田代くん。入ってきて」

わずかに抵抗を感じたあと、ぬるっという感触を残して、ペニスは肉洞《にくどう》の中へと飲み込まれた。生温かい感触とともに、奥で強烈な締めつけを感じる。

「ああ、き、きつい。すごく、すごく、いい」

「あなたもすてきよ。あなたの硬いオチン×ンで、あたしのここがいっぱいになってるわ」

このままじっとしていても、すぐにでも射精が襲ってきそうな気がした。できるだけゆっくりと、純一はピストン運動を開始する。

由起子の場合も、恥丘のふくらみはまろやかだった。純一の下腹部を、痛みを感じるほど圧迫してくるようなことはない。

幸子も、このくらいの年齢になれば、こんなふうになるんだろうか。それとも、幸子の恥骨がとがっているのは、生まれつきなのかな。

　ふとそんなことを思いながら、純一は動きにスピードを加えた。乳房に置いていた右手を移動させて、由起子の左脚に這わせた。電車の中でも触れた柔らかいふとももの地肌を、ピストン運動に合わせて乱暴に撫でさする。

「ぼく、もう駄目みたいです。出ちゃいそうで」

「いいのよ、いって。あたしの中に、いっぱい出して」

「ううっ、奥さん、ああっ」

　上体をのけぞらせて、純一は射精を迎えた。

　煮えたぎった欲望のエキスが、肉路の奥に向けて噴出した瞬間、由起子の体にも大きな痙攣が走っていた。純一の激しい動きで、二度目のオーガズムに達することができたらしい。

　がっくりと体重を預け、純一は夢中で由起子の唇を求めた。

第三章　甘い戯れ

1

地下鉄の中での痴漢行為という、不思議な縁《えん》で知り合った三田村のおかげで、純一は由起子という人妻の熟れた肉体を堪能《たんのう》することができた。その結果、純一は自分のセックスに対する観念が、微妙に変化してきたのを実感している。

高校時代、近所に住む人妻の愛子と初体験したころはともかく、大学に入って幸子と知り合い、セックスをするようになってからは、純一自身、性的な欲望は男に特有のものとしてとらえてきたきらいがある。

実際のところ、幸子はセックスにあまり積極的ではないし、純一のほうから求めない限り、二人の間には決して甘いムードは盛りあがらない。

初めてラブホテルに入ろうと誘ったときの幸子の言葉が、いまも耳に残っている。

「あたし、こういう産業が成り立っていること自体、恥《は》ずべきことだと思うわ。やっぱり日本は、男中心の社会なのよね」

純一がうんざりした気分になったのは、言うまでもない。

それでも、一応は男の欲望への理解はあるようで、ラブホテルにも結局は付き合ってくれたし、生理のとき以外、幸子が求めに応じてくれなかったことはない。

しかし、幸子と純一のセックスは、お互いに楽しんでいるものとは言い難《がた》かった。とにかく彼女のほうには、のめり込もうという姿勢がないのである。

地下鉄の中で出会った痴女《ちじょ》と肉体関係を持ち、三田村に紹介された由起子という人妻を抱いてみて、男と女が歓《よろこ》びを共有できるセックスがどれほどすばらしいかを、純一はあらためて知った。

卑劣《ひれつ》な行為の代名詞のように言われている痴漢も、相手の女性が納得したうえでするのなら、これ以上はないくらいの刺激剤になることもわかった。

それでも純一は、幸子には、とてもそんな話をする気にはなれなかった。彼が痴漢行為を働いたなどということがわかれば、それだけで別れようと言いだすかもしれない。幸子には、そんな潔癖《けっぺき》な部分がある。

かといって、純一は決して幸子が嫌いになったわけではなかった。物事にこだわらない性格には好感を持っているし、一緒にいていやな気分になることもない。問題は性的な部分だけ、と言ってもいい。

できることなら純一は、幸子にもほんとうのセックスの歓びを知ってほしいと思った。そうすれば、何もわざわざ人妻の不倫の相手などしなくてもいいのである。

例の痴女も由起子も、口を揃えたように純一のテクニックを褒《ほ》めてくれた。お世辞も含まれているに違いないが、少しは自信を持ってもいいはずだ。

よし、なんとか幸子を教育してみるか。

そう思い立った純一は、実践する機会を狙っていた。

幸子と純一のデートは、だいたい映画か小劇場の芝居を見てから食事をし、ラブホテルか純一のアパートでセックスをして終わる。

どんなに遅くなっても、幸子は決して純一の部屋に泊まってはいかないし、ホテルに二人で宿泊したこともない。

同様に、月に一度くらいは純一も幸子の部屋に招かれるのだが、彼がそこに泊まることも、いまだに許されてはいない。

「ねえ、そろそろ電車がなくなるわよ。支度してちょうだい」

放出を終えて、心地よいまどろみの中にいる純一に向かって、幸子は容赦《ようしゃ》なくささやいてくるのである。

そしてある日、久しぶりに幸子の部屋を訪れた純一は、今夜こそこの部屋に泊まってやろうと決意していた。

二人の人妻が褒めてくれたテクニックで、なんとか幸子を絶頂に導き、この腕に彼女を抱いて眠りたいと思ったのだ。

部屋に入り、こぢんまりしたキッチンで食事の用意をしている幸子を見ているうちに、純一の欲望は急激に盛りあがった。

幸子はゆったりとした部屋着を身につけていたが、膝《ひざ》から下の素足が、否応なく純一の目を刺激してきた。幸子の肌の感触には、あの人妻たちほどの魅力は感じないものの、いまはそんなことは言っていられない。

「幸子」

純一は突然、後ろから彼女を抱きしめた。左手で乳房をまさぐり、右手では一気に部屋着をまくりあげる。

「きゃあっ、何するのよ。ど、どういうつもり？」

手にしていた包丁を置き、幸子は抵抗しはじめた。

「たまらないんだ、幸子。なっ、いいだろう？」

すでに純一の右手は幸子のふとももを這《は》いあがり、指先はパンティーにかかっていた。ぴちぴちとした弾力が手に伝わってはくるが、手を吸いつけるような柔らかさは感じられない。

「ちょ、ちょっと、やめてよ、純一。怒るわよ」

幸子の声が真剣になった。純一のほうへ向き直り、その手を振りほどこうとする。本気で怒っているらしい。

だが純一も、今夜こそは、という気持ちで臨んでいる。簡単に引きさがるわけにはいかない。

向かい合う形になった幸子の唇を執拗《しつよう》に追い求めつつ、右手ではさらに激しくふとももを撫《な》でた。指先を、パンティーの脇からもぐり込ませようとする。

「いい加減にして。やめてって言ってるでしょ」

突然、幸子の平手が、びしっと純一の頬《ほお》を打った。こんなことは、もちろん初めての経験だった。呆然《ぼうぜん》となって、純一は幸子を見つめる。

「幸子？　な、何も、こんなことしなくたって」

「それはこっちのせりふよ。純一ったら、いったいどうしたっていうのよ。さかりのついた犬や猫じゃあるまいし」

「さ、さかりのついた犬や猫だって?」

幸子の言葉に、さすがに純一も気色《けしき》ばんだ。

「だってそうじゃないの。人が食事の用意をしてるっていうのに、エッチなことばっかり考えて。どうかしてるわよ、きょうの純一」

「ど、どうもしてないさ。ぼくはただ、きみの後ろ姿を見てたら、急に抱きたくなっただけなんだ。男として、ごく普通の欲求じゃないか」

「何を言ってるのよ。どこが普通だっていうの? だいたいセックスなんて、男と女にとって大きな問題じゃないはずよ。あなたがしたいって言うから、あたしだって仕方なく付き合ってあげてるんじゃないの」

「なんだって? 仕方なく、付き合ってあげてるだって?」

その言葉は決定的だった。幸子が自分とのセックスを心から楽しんでいないのは、純一にも薄々わかってはいた。しかし、いまの言葉から受ける印象では、彼女はいやいや純一に抱かれていたことになる。

「じゃあきみは、ぼくに抱かれても、まったく楽しくなかったって言うのか?」

「ええ、そうよ。ちっとも楽しくなんかなかったわ。もともとセックスは子供を作るための行為よ。それ以外のときは、女は男の欲望の犠牲《ぎせい》になってるんだわ」

「違うよ、幸子。それは絶対に違う」

「何が違うって言うのよ。あなた、もしかして映画とかビデオを見て、すっかりその気になってるんじゃないの？　いい加減に目を覚ましてよ」

「待ってくれよ、幸子。そりゃあこれまでは、きみの気持ちも考えないでセックスしてたかもしれないよ。だけど、きみだって気持ちよさそうな声を出してくれたこともあったじゃないか」

「ふん、あんなの、その場の雰囲気を出すための演技よ。ときどきあなたに見せられたビデオの中でも、女優があんな声を出してたじゃないの」

「演技？　それじゃあ、き、きみは、演技で声を出していたって言うのか？」

「ええ、そうよ。そんなこと、もうどうでもいいでしょう。それよりあなた、セックスにばっかり気を取られていて、仕事のほうは大丈夫なの？」

「そんな、幸子」

純一は呆気《あっけ》にとられてしまった。いくらなんでもこれは言いすぎだろう、と思った。

幸子にとって、セックスがそれほど重要でないということは、純一にも一応は理解できた。彼女がそう考えるようになった責任の一端は、純一にもあるのかもしれない。

しかし、セックスを単なる男の欲望処理としか考えていない彼女の態度には、正直言って腹が立った。

純一は、黙って上着を手に取った。

「ちょっと、どうする気？」

「帰る」

「本気？　何をくだらないことで怒ってるのよ」

「うるさい。くだらないことじゃないんだ。きみなんかにはわからないんだよ」

悔しかった。これまでの二年間は、いったいなんだったのかと思いながら、純一は唖然《あぜん》とする幸子を残して、アパートを出た。

三田村から、一緒に飲まないかという誘いの電話があったのは、幸子と喧嘩《けんか》してから二週間ほどたった木曜日のことだった。

翌日の金曜日、初めて彼と飲んだ『ビルズ・バー』で待ち合わせた。

「ご無沙汰しちゃったね。元気だったかい？」

「ええ、なんとか」

幸子との一件があったせいで、純一はさすがに落ち込んでいる。

「あんまり元気とは言えないみたいだな。痴漢がうまくいってないのかな」

「いえ、そうじゃないんですけど」

純一は言いよどんだ。痴漢行為は、由起子として以来、一度もやっていない。してみたいとは思うのだが、どうもいまひとつ勇気が出てこないのだ。これも、幸子と喧嘩してしまったせいなのかもしれない。

「悩みがあるんなら、話してみないか。お互いに秘密を知ってる仲なんだから、気にすることもないだろう」

三田村の言葉に、純一も少し気が楽になった。そういえば、三田村は痴漢の常習犯、そして純一も、痴漢をして女性につかまった経験のある男なのである。

「聞いてもらえますか」

「ああ、もちろん」

「実は」

幸子との一件を、純一はかいつまんで三田村に話した。最初に会ったときは、三田村から『痴漢道』の講義を受けているような気分だったが、今度は彼のほうが真剣に耳を傾けてくれている。

「もともと幸子がセックスを好きじゃないのは、ぼくにもわかってたんです。でも、少しも楽しくなかったなんて言われちゃうと、こっちも立場がなくて」

「そりゃあ、そうだろうな。きみだって、それなりにテクニックを駆使してやってたんだろうしね」

「いや、それがそうでもないんですよ。ぼくとしては、彼女が少しでも感じるように、できるだけのことをしたいと思ってはいたんですけどね」

純一は、幸子がフェラチオやクンニリングスに嫌悪感を抱いているらしいことを三田村に話した。もっと言えば、幸子は手で性器をいじられただけでも、露骨にいやな顔をする。

「それじゃあ、きみの彼女は、もしかすると単に挿入《そうにゅう》して射精するのがセックスだと思ってるんだろうか」

「ええ、どうもそうらしいんです。結局、セックスで気持ちがよくなるのは、男だけだって考えてるみたいで」

「うーん、だけど、いまきみが言ったように、彼女のよがり声は、ほんとに演技だったのかなあ」

「ぼくとしては、そうは思いたくないんですけどね。向こうがそう言うんだから、しょうがないです」

幸子の話をしていると、純一はまた腹が立ってきた。必死でピストン運動を繰り返している純一を、幸子が冷めた目で見ていたのだとすれば、純一はまるでピエロだったことになる。

「彼女、ぜんぜん感じたことがないって言ったのかい？」

「ええ、そう言ってました。まさか不感症ってわけじゃないと思うんですが」

「それはわからないぞ。実際、世の中には不感症の女もいるんだからね」

三田村の言葉に、純一はぎくりとした。もし幸子が不感症だというのなら、今後、彼女にどう対応していけばいいのか、まったくわからない。

「不感症の人っていうのは、いくらテクニックを使っても無駄なんでしょう？」

「いやいや、そうとばかりは言えないぞ」

三田村は純一から視線をはずし、少し難しい表情で宙を睨《にら》んだ。何かに思いをめぐらせているらしい。

「なあ田代くん、きみは彼女が好きかい？」

「え、ええ、そのつもりですけど」

「まあ、そうだろうね。くだらない質問だったかな。でも、結婚を考えたことはあるのかな」

「け、結婚ですか」

この質問には、純一自身も明確には答えられなかった。付き合いだして二年以上になるし、現在そういう相手として考えられるのは幸子しかいない。彼女にしたって、それは同じことだろう。

かといって、何歳になったら一緒になろうとか、将来は何人子供を作ろうとかいう話は、ほとんどした記憶がないのである。

「まだ結婚を考えるには、若すぎるって気持ちなんだろうな。わかるよ、俺もきみぐらいのときはそうだったからね」

「でも、なんとなくですけど、彼女と結婚するつもりではいたような気がします」

「おやおや、いたなんて過去形を使うところを見ると、いまはもうそのつもりがなくなったってことかい？」

「いや、そこまでは言いませんけど。ただ、やっぱり今回みたいなことがあると、ぼくだって考えちゃいますよ」

三田村は納得したようにうなずいた。相変わらず真剣な表情を崩していない。

「きみはまだ二十三だったよね」

「はい、そうです」

「じゃあ、なかなか結婚までは考えにくいだろうけど、一つだけ俺が言ってあげられることがあるとすれば、友だちとして最高の相手でも、人生のパートナーとしては、必ずしもパーフェクトとは言えないってことかな」

「セックスの面で、って意味でしょうか」

「それもあるし、ほかにもいろいろとね。たとえば、彼女が実際に性的な意味で不感症だったとするよね。きみ、彼女と結婚しようと思うかい？」

「それは、どれだけ相手を好きかによると思いますけど」

「だろうね。で、いまの彼女の場合はどうだい？」

「うーん、ちょっと考えちゃいますね。でも、夫婦っていうのは、セックスがすべてではないはずですよね」

「もちろんだ。だがね、セックスが大切な要素であることは間違いないよ」

「それじゃあ、相手が不感症だったら、結婚はやめたほうがいいと？」

「いや、それもちょっと違う。つまり、不感症なんて、治る場合もあれば、結局そのままの場合もある。だけど、お互いの理解でそれをカバーすることは可能なんだよ。精神的にね」

三田村の言葉に力がこもった。目の光も、いくぶん鋭さを増してきたようだ。

「たとえば、きみの彼女が不感症だったとしてみようか。もし彼女が、正直にそれを打ち明けてきたら、きみはどうする？」

「やっぱり彼女と一緒に、どうやったら治せるかを考えると思います」

「だろう？　それが思いやりってもんだ。その気持ちがありさえすれば、たとえ感じなくても、お互いにセックスは楽しめるはずなんだ」

純一は、なるほど、と思った。

「きみたちの場合は、きみ自身は正常に感じてるわけだろう？　もし二人が理解し合っていれば、きみが感じるのを見ることが、彼女の歓びにつながるはずなんだ。ちょっと理屈っぽいけど、そうは思わないか？」

「はい、そんな気がします」

「縁起《えんぎ》でもないけど、万一きみがインポになったとしてみようか。そんなとき、彼女がベッドで悶々《もんもん》としているのがわかったら、どうする？」

「手とか口とかで、なんとか彼女をいかせてあげたいと思うでしょうね」

「そう、それでいいのさ。つまりね、フーゾク産業は別にして、夫婦とか恋人同士にとってのセックスは、精神的なものが大きいってことなんだよ」

「精神的なもの、ですか」

小さくうなずいてはみたものの、独身の純一には、まだ三田村の言う意味がぼんやりとしか飲み込めなかった。

「きみ、彼女に対して最初に勃起《ぼっき》したときのこと、覚えてるかい？」

「最初の勃起ですか。うーん、けっこう簡単にセックスまで進んじゃったから、よく思い出せませんけど、最初に抱いた夜じゃなかったかな」

「ほう、さすがに現代っ子だね。まあ、それが悪いとは言わないが、俺の考えでは、勃起っていうのは、必ずしも性的な欲望の表れではないんだ」

「えっ？　でも、やっぱり放出したいっていう気持ちになるから、あそこが硬くなるわけでしょう？」

「論理的にはそうかもしれない。だけど、好きな女性を前にして、ああ、俺はほんとにこの子が好きなんだって感情が湧《わ》いてくると、自然にペニスは勃起するものなんだ。経験があるだろう」

「経験っていっても、ぼくはまだあんまり数をこなしてないから」

正直なところ、純一は恋愛経験の不足を実感していた。セックス自体は、初体験相手の愛子に鍛《きた》えられ、幸子ともそれなりに楽しんできたつもりではいる。しかし、愛する気持ちを育てた結果として女性を抱いたという体験は、はっきり言って一度もないのである。

幸子にしても、セックスが先で、好きになったのはあとからのような気がする。欲望が溜まっていたせいもあるのだろうが、コンパのあとで酔いに任せて、成り行きで幸子を抱いたのは事実なのだ。

「なあ、田代くん。こんなこと言うと、なんだか俺がえらくロマンチストに思えるかもしれないが、遊びでするセックスより、やっぱり愛する人を抱くほうが、ずっとすばらしいはずだよ」

「はあ、それはそうだと思います」

三田村と話していて、純一は幸子に対する自分のほんとうの気持ちを、もう一度、整理してみなければいけないと思った。

衝動的に抱いてしまい、馴《な》れ合いで、いつの間にか彼女を愛しているつもりになっていただけのような気もする。それは幸子にしても同じなのかもしれない。

「誤解してほしくないんだが、俺はきみと彼女の付き合いを否定してるわけじゃないんだよ。人には性格ってものがあるから、きみの努力次第で、彼女だって心を開く可能性はあるからね」

「はあ。でも、自信ないな」

「まあ、若いんだから、焦《あせ》ることはないさ。少し間をおいてからもう一度、彼女に会って、腹を割って話してみるといい」

「そうですね。そうします」

三田村というのは、ほんとうに不思議な男だ、と純一は思った。幸子との問題がこれで解決したわけではないのだが、彼の助言を受けただけで、なんとなく心が軽くなったような気がするのである。

「彼女の話はそれくらいにして、痴漢のほうはどうなんだい？」

少しだけ声をひそめて、三田村が話題を変えた。同じ飲むなら、この話のほうが、よほどおいしい酒の肴《さかな》になる。

「いやあ、幸子のことで悩んでたんで、このところぜんぜん」

「そうか。じゃあ、相手を見つける練習も怠《おこた》ってるんだね」

「はい、すみません」

純一はおどけたように軽く頭をさげ、二人で声を出して笑った。

「彼女と喧嘩中じゃ、痴漢をやって刺激されちゃうと、欲望の処理に困るかもしれないな」

「いえ、それは大丈夫です。まだまだ自家発電って手がありますから」

純一は右手を出して、硬直をこすりたてる仕草《しぐさ》をしてみせた。望むと望まざるとにかかわらず、このところオナニー以外に、純一が欲望を放出する手段はない。

軽くうなずき、三田村はにやりと笑った。

「彼女のことはゆっくり考えるとして、あしたくらいから、またさわる相手を捜してみたらいい。もしどうしても欲望の処理に困ったら、そのうち俺がだれかを紹介してあげるよ」

「ありがとうございます」

「でもね、田代くん。もう一度、言っておくけど、痴漢はあくまでさわるのが目的なんだから、それ以上を望むのはルール違反なんだ。わかるね」

「ええ、よくわかってます。由起子さんとも、ああいう関係になれたのはうれしかったけど、あれから彼女を思い出すのは、やっぱり電車の中でお尻をさわったときのことばかりなんですよ」

「ほう、それはなかなかのもんだね。そのときのことを思い浮かべて、自家発電ってやつをしてるわけか」

「はい、まあ、そんなところです」

純一は笑ってうなずいた。

不思議なことに、こんな話をしているのに、まったく恥ずかしさは感じなかった。三田村が自分の気持ちをオープンにしてくれるので、純一のほうも安心して喋《しゃべ》れるせいなのだろう。

変わった出会い方ではあったが、彼と知り合えたことを、あらためて純一はうれしく思った。

「三田村さんが初めて痴漢をしたのは、いつごろのことだったんですか」

話が一段落ついたところで、純一は尋ねてみた。

これは、最初から純一がずっと聞いてみたかったことだ。十年くらい前から、電車の中での痴漢にのめり込んでいるという話は聞いたが、きっかけまでは話してもらった覚えがない。

「うーん、昔のことだからね。いや、もちろんはっきり覚えてはいるんだけど、やっぱりちょっと照れくさいな」

頭をかきながら、三田村はほんとうに恥ずかしそうな顔を見せた。人のよさを感じさせる瞬間だ。

「ぜひ聞かせてください。後学《こうがく》のために」

「そうだな。経験は十年くらいになるって話は、確か最初のときにしたよね」

「ええ、お聞きしました」

身を乗り出した純一に向かって、三田村は大きくうなずいた。

「まあ、それは中年になってからのことなんだが、実は、それよりずっと前に、きっかけはできてたんだ」

純一はまだ正確な年齢を聞いていないが、三田村は四十を少し越えた程度だろう。すると、十年前で三十歳、それよりずっと以前というと、いまの純一くらいの年齢ということになるのだろうか。

「俺は東京の郊外に住んでたんだけど、高校時代に、近所にあこがれのお姉さんがいてね」

「へえ、高校のときですか」

「三つくらい上だったかな。女子大に通いだしたその人と、ときどき朝の電車で一緒になることがあったんだ。子供のころは、会えば挨拶《あいさつ》くらいはしてたんだが、年ごろになると、お互いに気まずくてね。そっぽを向いて立ってたもんだよ」

昔を懐かしんでいるのか、三田村は前にも増して柔和《にゅうわ》な顔つきになった。

「ある日、朝の満員電車の中で、彼女がサラリーマンふうの男にお尻をさわられているのに気づいたんだ」

「つまり、痴漢に遭ってたわけですね」

「うん。俺はびっくりしてね、なんとかやめさせようと思ったわけだ。なにしろあこがれのお姉さんだろう？　俺が痴漢から救ってやったってことになれば、彼女と親しくなれるような気がしてね」

「下心いっぱいだったわけですね」

「まあ、そういうことさ。ところがね、彼女自身が、まったく痴漢の手を振り払おうとしないんだ。顔を見ると、目を閉じてじっとしてる。普段と変わらない、安らかな表情をしてるんだな、これが」

「痴漢をいやがっていなかったんですか、彼女は」

「そこまではわからなかったけどね。ただ、少なくとも、そのときは痴漢のおじさんのされるがままになっていたんだ」

純一は一瞬、痴女に身を任せていた自分の姿を思い起こした。あの痴女の肢体《したい》が頭の中に鮮明によみがえり、少しだけ股間《こかん》がうずく。

「ずっと前からズリネタにしてたお姉さんだからね、その日の晩は、まるで自分が彼女のお尻を撫でたような気分で、オナニーをしたのを覚えてるよ」

「どんな人でした？」

「そうだなあ、高校時代から断然グラマーだったな。歩くとオッパイがゆさゆさ揺れちゃうんだ。女子大に通うようになっても、いつも清楚《せいそ》な服装をしていて、だいたいが白いブラウスに黒のタイトスカートって感じだったな。そのお尻がまた魅力的でね。ボリュームたっぷりで」

「そのころから、グラマーが好みだったんですね」

「まあね。当時は男子校に通ってたし、身近に女の子がいないだろう？　だから、彼女の存在は貴重だったんだ。ズリネタとしてね」

「あっ、ぼくも男子校だったから、その気持ち、よくわかりますよ。近所の女の人とかに、ついついあこがれちゃうんですよね」

純一は、今度は愛子の顔を思い出した。考えてみれば、偶然、ああいう関係になる前にも、オナニーの際には、愛子の肢体を思い浮かべていたような気がする。

「彼女が痴漢されてるのを見てから、できるだけ電車の中で一緒になれるように努力してみたんだ。向こうは朝の講義がない日もあるから、毎日ってわけにはいかなかったけどね」

「まるで芸能人の追っかけですね」

「うん、そうそう、そんな感じだよ。素知らぬふりをしながら、なんとか彼女に近づいていったもんさ。ほんのりとお化粧の匂いがしただけで、もう下半身はびんびんだったな」

「その人は毎日、痴漢に遭っていたんでしょうか」

「はっきりとはわからないけど、だいたい毎日だったみたいだな。同じ相手じゃなかったけどね。それだけ、当時から痴漢も多かったってことさ」

純一にとっては、このへんが面白いところなのだが、三田村は自分や純一以外の痴漢の話になると、急に嫌悪感に満ちた顔になる。彼流の『痴漢道』を守らない男には、痴漢をする資格がないと思っているらしい。

「それで、三田村さんも彼女にさわったんですか」

「うん、まあ、結局はそうなんだけどね。いやあ、いま思い出してもひやひやするよ。何度目かに彼女がどこかのおじさんにさわられているのに気づいたとき、俺もちょっとぐらい横からさわってやろうと思ったんだ」

「緊張の一瞬ですね」

純一は身を乗り出して、三田村の話に聞き入った。

「緊張なんてもんじゃなかったよ。息は苦しくなるし、体はがたがた震えてくる。おまけに、脂汗《あぶらあせ》まで垂れてくる始末だ」

「そりゃあ大変だ」

「うん。それでも、なんとか右手をのばしてお尻に触れたんだ」

「そのときは、まだ童貞だったんでしょう?」

「もちろんそうだよ。スカート越しとはいっても、女性の体に手を触れるなんて、それがまったく初めての経験だったんだ」

純一は、痴女に出会った朝のことを思い返してみた。すでにセックスを体験していた彼でも、あのときは相当に胸が高鳴ったのを覚えている。童貞だった三田村の興奮は、想像にあまりある。

「気づかれちゃったんですか、彼女に」

「それがお笑いなんだ。もちろん、手のひらでさわってるんだから、彼女だって
やがては気づくだろう？　ところが、まず一緒にさわってたおじさんに気づかれ
ちゃったんだな、これが」

「ありゃあ。なんだかぼくたちみたいですね」

「そういえばそうだね。そのおじさんと目が合った瞬間は、こりゃあやばい、と
思ったんだが、おじさん、なんとウインクしてきたんだ」

「ウインク？」

「ああ。一緒に楽しもうってことだったんじゃないかな」

「同業者意識ってことですかね」

「というより、同病相憐《あいあわ》れむってところだったと思うけどね。でも、やっぱり感
激だったな、彼女のお尻」

三田村が、また遠くを見るような目をした。やはり懐《なつ》かしいのだろう。

「その後、彼女とは？」

「それだけのことだよ。ときどき、控えめにお尻にさわらせてもらったがね」

「彼女は三田村さんがさわってることに、気づいてたんでしょうか」

「薄々はわかってたんじゃないかな。でも、とうとうそれから言葉を交わす機会

もなかったし、こっちは大学に入るまで、ずっと彼女がズリネタだったってわけだ」

「へえ、なかなかいい思い出ですね。それが、三田村さんの痴漢のルーツってことになるのかな」

「そうだね。大学に入ってからは下宿しちゃったんで、電車通学もしなくなったし、すっかり痴漢のことなんて忘れてたんだ。ところが、三十を越えてしばらくしたころに、またまたよみがえっちゃったというわけだ」

「そのときも、やっぱり偶然だったんですか」

「そう、まったくの偶然だった。でもね、当時はもう結婚していたし、性的には充分に満足してるつもりだったんだ。ところが、知らない女性のお尻にさわって家に帰ると、不思議に女房とね。あっ、またこんな話になっちゃった」

照れくさそうに、三田村は頭をかいた。

純一は、三田村の妻が痴漢のことを知っているのかどうかを尋ねようとしたのだが、話の腰を折ってしまいそうな気がして、思いとどまった。

「でもね、田代くん。俺はやっぱり、あの近所のお姉さんのお尻にさわったことが忘れられないんだ。とにかく、あこがれの人だったからな」

「わかりますよ、その気持ち」

愛子の話や、例の痴女の話をしかけて、純一はふっと思いとどまった。なぜかもうしばらく、とっておきたいという気がしたからである。

純一が言いかけたことを気にするかと思ったが、三田村は特に追及してこなかった。そのまま彼の話が続く。

「確かに痴漢は卑劣《ひれつ》な行為かもしれないが、ああでもしなければ、当時の俺には彼女の肌に触れるチャンスなんてなかったからな」

「そうでしょうね。でも、いいよなあ、あこがれの人が、黙ってさわらせてくれたんだから」

「まあ、若き日の記念だな。好意を寄せている相手の体にさわるチャンスなんて、めったにないことだから、貴重な体験ではあるよね」

三田村の話を聞きながら、純一は、ふとある女性の顔を思い浮かべていた。考えてみたら、会社に入ってから半年、淡《あわ》いあこがれを抱き続けている女性が、純一にもたった一人だけいるのである。

2

三田村とは、また大いに盛りあがり、三軒の飲み屋をはしごして、純一はとうとうタクシーでアパートに帰る羽目《はめ》になってしまった。

それでも、三田村と飲んだあとには、すがすがしい気分が残った。彼以外に、純一のまわりには、あれだけ肩から力の抜けた人物は見当たらない。一緒にいるだけで、純一も不思議とリラックスできるのである。

その晩、帰り着いたのが深夜だったにもかかわらず、純一はオナニーをしたくなった。三田村があこがれのお姉さんのお尻にさわった話をしてくれたとき、ふと心をよぎった女性のことを、今夜は想像したいと思ったのだ。

それは、純一の会社の上司で、クリエイティブ・センターの課長をしている、矢崎玲子《やざきれいこ》という女性だった。

まだ二十九歳の彼女だが、てきぱきと仕事を進めていく姿に、純一は入社当初から感心させられていた。

玲子の仕事内容は、主に図面や文書などを外注する場合のチェックで、会社以外の人との打ち合わせが多い。

そのせいか、服装にはいつも気をつかっているようで、若い男性社員の間では、同年代の女性とは違った意味で人気を呼んでいる。

派手というわけではないのだが、とにかくセクシーな衣装が目を引くのだ。

たとえば、彼女は普通の肌色のストッキングは、まず身につけていたことがない。白や黒、ときには紫やショッキングピンクといった色のものを、見事にはきこなしている。

純一が個人的に特に好きなのは、彼女がときどきはいている、後ろにシームラインの入った黒いストッキングだった。

プロポーションがよく、脚の長い彼女は、歩き方自体が優雅で魅力的だった。洋画のポルノに出てくる女性が、よくガーターベルトでそうしたシーム入りのストッキングを吊っているが、矢崎玲子には、それが似合いそうな気がするのである。

シームラインが入っていても、彼女の場合はパンティーストッキングなのだろう、と純一は思っていたのだが、あの痴女や由起子がガーターベルトを身につけていたという事実があるだけに、玲子にもそうであってほしいという期待が湧いてくる。

玲子は、さすがにミニスカートをはいてくる機会は少なかった。それでも、タイトスカートの前にスリットが入っていたりすると、歩くたびにあらわになる膝頭やふとももに、どうしても男性社員たちの目が吸い寄せられてしまう。

「俺、矢崎課長にベッドでいじめられてみたいな」

「課長が相手なら、俺、どんな奉仕でもしちゃうな。命令されたら、お尻の穴だって舐《な》めちゃうぜ」

新入社員の仲間同士で飲むと、よく玲子の話題が出る。口に出しては言わないが、彼女に対するあこがれでは、純一も決して負けてはいない。

ただ、実際に玲子に手を出そうとする社員はいなかった。彼女には、社長の二号だという噂《うわさ》があるからだ。どこから流れてきた噂かはわからないが、先輩たちの話によると、信憑性《しんぴょうせい》はかなり高いらしい。

「この会社、給料とかは、けっこう恵まれてるもんなあ。おまえたちだって、社長の女に手を出してクビ、なんてことになりたくはないだろう？　見るだけで我慢するのが身のためってもんさ」

ある先輩は、こう言って純一たちに忠告してくれた。

純一にしても、べつに玲子とどうにかなれると思っているわけではない。いまのところ、ときどきオナニーの対象として利用させてもらっているにすぎない。

つい先日、学生時代の友人が、ＳＭ雑誌を貸してくれた。純一は、ＳＭ自体にはまったく興味がなかったのだが、Ｓの女王様が身につけていた黒い下着に、言いようのない興奮を覚えた。

実は、その雑誌に出ていた女王様の一人が、矢崎玲子にとてもよく似た体形をしていたのである。

黒い下着にハイヒール。そんな玲子の姿を想像すると、それだけでペニスは一気にそそり立った。しかし、彼女の下着姿を見られるチャンスなど、純一にはまずめぐってはこないだろう。

ああ、せめて課長のお尻に、電車の中でさわることができたら。

そんな願望を抱いて、純一は硬直を握りしめた。由起子のスカートをまくりあげて、電車の中で存分にふとももを撫でまわした日のことを思い出し、由起子を玲子に置き換えて、純一は妄想《もうそう》の世界へとのめり込んでいった。

あこがれていた近所のお姉さんのお尻にさわって感激したという三田村の話が、純一の耳にこびりついて離れなくなった。

あの痴女にしても、あるいは三田村が紹介してくれた由起子にしても、満員電車の中で味わった肌の味は、確かにすばらしいものだった。だが、痴漢の相手が好意を寄せている女性だったたなら、感激はさらに増すに違いない。電車の中で、矢崎課長のお尻にさわってみたい。

純一は、本気でそう考えるようになった。

矢崎玲子は、銀座線の京橋ではなく、いつも都営地下鉄線の宝町《たからちょう》の駅から歩いて会社に通ってくる。社員名簿で調べてみると、自宅は三田《みた》のマンションだった。

噂がほんとうなら、玲子はそのマンションに囲《かこ》われていることになる。

純一には、そんなことはどうでもよかった。いまは、どうやって彼女に近づくかを考えなければならない。

一度、乗ってみるかな、都営線に。

純一は、すでにそう決めていた。最初から彼女と一緒に乗り込んで、一気にさわるというわけにもいかない。まず、痴漢ができる環境かどうかを探る必要がある。

ある朝、純一は普段より一時間も早くアパートを出た。新宿でＪＲ山手線《やまのて》に乗り換え、五反田《ごたんだ》駅へと向かう。ここで都営浅草《あさくさ》線に乗り継ごうというわけだ。

相当な大まわりになるが、目的のためには絶対に必要な下準備だった。電車の混み具合、三田駅の状況などを、実際にこの目で確かめておかなければならない。

しっかり計画して、首尾《しゅび》よく矢崎玲子のお尻にさわることができたら、真っ先に三田村に報告しよう、と純一は思った。研究を重ねたうえでトライすれば、三田村もその努力を認めてくれるに違いない。

乗ってみると、都営地下鉄も確かに混んではいたが、銀座線ほどではなかった。痴漢をしようという純一にとっては、あまり都合のいい状況とは言えない。

それでも、ほかの線と接続する三田駅からは、相当な人数が乗り込んできた。うん、これならなんとかなりそうだな。

純一は思わずにんまりした。ちょうど目の前に、長身の女性が立っていた。お尻の量感に、純一は性感を刺激される。

これも実験だ、と考え、彼女のお尻に、そっと手の甲で触れてみた。とたんに、体がぴくんと反応して、女性がくるりと後ろを振り返った。純一はあわてて手を引っ込めると、素知らぬふりをして、宝町まで電車に揺られた。

矢崎玲子のマンションのある住所から三田駅に向かった場合、どの入口からホームに降りてくるかまで、純一は詳細に検討した。

そして、いよいよ決行の朝、都営地下鉄浅草線の三田駅のホームで、純一は玲子が現れるのを待った。

今回の場合、必ずしも三田村から言われたとおりの方法で痴漢を働くわけにはいかなかった。玲子の顔をドアのガラスに映して反応を見たりすれば、さわっているのが純一であることが、すぐに露顕《ろけん》してしまう。

玲子は、純一が何度も痴漢をしようと思っている相手ではない。一度でいいから、なんとかお尻の感触を味わってみたい。希望はそれだけなのである。無理をする必要はまったくない。

三田村流の『痴漢道』には反するかもしれないが、彼女に気づかれないように、純一はさっとさわって、あとは知らん顔を決め込むつもりでいる。

純一が三田駅に到着してから十五分ほどして、改札口にようやく玲子が現れた。今朝はベージュのスーツに身を包んでいる。量感のあるお尻が、普通に歩くだけでも左右に悩ましく振れる。

足もとに目を向けると、薄手の黒いストッキングをはいているのが見えた。くるぶしのあたりに、ワンポイントの刺繍《ししゅう》が入っている。

混雑するホームだが、玲子の歩き方には気品が感じられ、純一には周囲を圧倒しているようにさえ思えた。ときおり右手を髪にやる仕草が、なかなかセクシーだ。

大柄のサラリーマンらしい男性を楯《たて》にして様子をうかがっていると、彼女は前から三両目の乗車口に並んだ。間に二人ほど挟んで、純一もその後ろにつく。できれば、間に挟むのは一人にしておきたかった。車内に入ったときに玲子に近づけるかどうか、やや不安が残る。

やがて、まだかなり隙間を残した電車が入ってきた。これだと混雑とまではいかないのではないかと心配したが、知らないうちに純一の後ろにも長蛇《ちょうだ》の列ができていて、乗り込むと身動きがとれないほどになった。

必死で体の位置を調節し、純一はなんとか玲子の背中に貼りついた。ただし、彼女とは体の角度を九十度ずらして立った。真下におろした左手が、わずかに彼女の腰からお尻のあたりに触れている。

よし、いよいよだ。

ドアが閉じて電車が動きだすと、純一はごくりと唾《つば》を飲み込んだ。おそるおそる、左手の甲で、そっと玲子のお尻を撫でてみる。スカートの生地は薄くなめらかで、玲子の肌の柔らかさが鮮明に伝わってくる。

ああ、思ったとおりだ。課長のお尻、こんなに気持ちがいい。

玲子はガードルはつけていないようだった。手の甲でも、スカートの上に浮き出たパンティーのラインが確認できる。

相手の様子を直接見ているわけではないが、いまのところ玲子の体から拒絶反応は感じられなかった。いつでも引っ込めることができるように、心の準備だけは整えながら、いよいよ純一は手を裏返す。

直立不動の体勢で、体の真横に貼りつけた手を百八十度ひねった。今度は手のひらを、玲子のお尻にそっと押しつける。

ああ、やった。ぼくは課長のお尻にさわってるんだ。

感激しながら、純一は指先でパンティーのラインをなぞった。浮き出たラインがお尻の肉の上部を斜めに横切っているところを見ると、ハイレグカットのパンティーをはいているらしい。

玲子のスカートの中を想像すると、純一のペニスはズボンの下で一気に体積を増してきた。息づかいも荒くなる。

しかし、興奮に任せて、純一はわれを忘れてしまった。あるいは油断していたのかもしれない。それまで玲子から拒絶反応が感じられなかったのを、彼女が痴漢を容認しているのだと、勝手に解釈していたらしい。

手のひらでそっと触れているだけでは満足できず、弾力をたたえたお尻の肉を、純一は大胆にも、ぐいっ、ぐいっと、つかむように揉《も》んでしまったのである。

そのとたん、横で玲子の体がひねられるのがわかった。視界にとらえることはできないが、痴漢行為に気づいた玲子が、純一のほうを向こうとしているのは間違いない。

ハッとなった純一は、あわてて手を引っ込めた。しかし、間に人はだれもいないのだから、犯人が彼であることは一目瞭然《いちもくりょうぜん》だった。

必死で顔をそむけ、純一はぎゅっと目を閉じた。顔を見られたら、何を言われるかわかったものではない。

「あら、田代くんじゃないの」

唐突《とうとつ》に、玲子が言った。その声の調子には、痴漢の現行犯をつかまえたというような非難は感じられなかった。むしろ親しみをこめた言い方である。

「あっ、矢崎課長。ど、どうも」

絶体絶命のピンチだったが、一応はシラを切るつもりで、純一は頭をさげた。それでも、玲子が純一の行為に気づいていないとは思えなかった。軽く声をかけておいてから、説教でもするつもりなのだろうか。

「あなた、こっちのほうだったっけ？」

狭い車内で、完全に純一のほうへ向き直り、さらに玲子が話しかけてきた。仕方なく純一も体をひねって、玲子と向かい合った。玲子の目は、ちょうど純一の顎《あご》のあたりに来る。

「いえ、あの、ゆうべ、この近くに泊まってしまったものですから」

「彼女の家から直接、ご出勤ってこと？　あなたもけっこう隅に置けないのね」

いたずらっぽく笑って、玲子は右手で純一の胸を二、三度、軽くつついた。パールピンクにマニキュアされた、ほっそりとした美しい指先が、純一の目に映る。

「どう？　そろそろ仕事には慣れた？」

「え、ええ、だいたいのところは」

「何か不満に思うこととか、ない？」

「いえ、不満だなんて、べつに」

「ふふっ、無理しなくてもいいのよ。入って半年くらいになるとね、慣れてくるせいもあって、けっこう不満も出てくるものなの。気にしないで、ぜひ話してほしいんだけどな」

突然、こんなことを言われて、純一は面食らってしまった。なにしろ純一は、つい先ほどまで、彼女のお尻にさわっていたのである。

それを咎《とが》められるのかと思ったら、いきなり会社の話題などを出されたので、すんなり答えられるはずもなかった。もっとも、救われた気持ちになったのも確かだった。

「電車の中じゃ、細かい話もできないわね。あたしもね、そろそろあなたたち新入社員と面談でもしなきゃって思ってたのよ。上からも言われてるしね。そうだわ、せっかくこうして会えたんだから、あなたを一番手ってことにしようかしら」

「一番手、ですか」

「いいでしょう？　ねえ、きょうの帰りにでもどう？　きのう泊まったってことは、デートもないでしょうし」

　またいたずらっぽく笑い、玲子は上目《うわめ》づかいで純一を見た。

「デートだなんて、課長」

「じゃあ、決まりね。といっても、あたしは午後から出かけちゃうし。いいわ、あなたのデスクに電話を入れる。午後はずっといるんでしょう？」

「はい、たぶん」

「そう。それじゃあ、場所とかは電話でね」

　思いがけない展開になったものだ。直属の上司ではないだけに、純一は玲子とは、ほとんど会話を交わしたこともなかった。それが、帰りにどこかで会おうという話にまで発展した。話題は会社の問題であるにしても、玲子と二人きりになれると思うと、純一はなんとなくわくわくしてくる。

　こんな話をするくらいだから、矢崎課長はぼくがお尻にさわったことに、案外気づいていないのかもしれない。

　そう考えると、とたんに純一は気が軽くなり、一度はすっかり萎《な》えていたペニスが、ふたたび鎌首《かまくび》をもたげてくるのを感じた。

玲子と純一は、その晩七時に銀座の『ルーブル』という店で待ち合わせをした。純一は喫茶店だと思っていたのだが、来てみると完全にお酒を飲ませる店だった。

三田村と会っている『ビルズ・バー』と同じで、ホステスなどは付かない静かな店だ。打ち合わせには適した場所かもしれない。

ほとんど同時に店に着いた二人は、コーナーのテーブルに通された。九十度の角度で並んで座ると、純一は今朝の電車の中での位置関係を思い出した。

「水割りでいいのかしら。それとも、ビールか何かにする?」

「いえ、水割りでけっこうです」

あまりウイスキーは飲まないほうだったが、三田村と会うようになってから、純一はウイスキーも好きになれそうな気がしている。

玲子はボトルをキープしていて、慣れた手つきで水割りを作ってくれた。マドラーでグラスをチーンと鳴らし、純一に差し出してくる。

「堅くならなくていいのよ。今夜は上司だなんて思わないでね。さあ、乾杯よ」

「は、はい」

グラスを合わせてはみたものの、純一はまだなんとなく落ち着かなかった。会社での不満などを聞きたいという話だったが、玲子の考えていることが、どうもいまひとつ理解できないのだ。

「今朝はびっくりしたわ」

「そ、そうですね。ぼくも偶然、あっちのほうから来たものだから」

「ううん、そのことじゃないの。びっくりしたっていうのは、痴漢のことよ」

「えっ？　あ、あの」

今度も、油断していたとしか言いようがなかった。いったんは、玲子に自分の痴漢行為を気づかれたと観念したものの、その後の会話で、純一はいつの間にか、露顕せずに済んだつもりになっていたのである。

しかし、現実はやはり甘くはなかった。こうして呼び出したのも、新入社員の不満を聞くなどというのは口実で、落ち着いた場所で説教でもするつもりに違いない。

なんと言われても、非は純一のほうにあるのだから仕方がない。ここは素直に謝るしか道はない、と純一は思った。

「矢崎課長、あの」

「ほらほら、駄目よ。ここでは課長なんて言わないの。名前で呼んで」

「は、はあ。それじゃあ、矢崎さん」

「ううん、それも駄目。矢崎は苗字《みょうじ》じゃないの。あたしの名前はレ・イ・コよ。しっかり覚えてちょうだいね」

「はあ、あの、玲子さん。ぼく、今朝は、あなたのこと」

「ふふっ、何を緊張してるの? お馬鹿さんね」

からかうような玲子の調子に、純一はすっかり圧倒されてしまった。いったい玲子が何を考えているのか、まだ見当もつかない。

「ねえ、田代くん。どうだった? あたしのお尻」

玲子はじっと純一を見つめてきた。向かい合っていないだけ、まだましだが、純一はその視線を痛いほど感じる。

「ど、どうって言われても」

「そんなに照れなくてもいいじゃないの。あっ、そうだわ。最初に聞いておかないと。あなた、ほんとにゆうべはあっちのほうに泊まったの?」

話題を変えてくれて、純一としては助かったが、これも相当に答えにくい質問だった。どこまで正直に話したものか、迷ってしまう。

「ねえ、べつにあたしはあなたを責めてるんじゃないのよ。もっとざっくばらんに話しましょうよ」

　突然、玲子は純一の左腕に自分の腕をからめてきた。座ったときから気になってはいたのだが、甘い香水の匂いに鼻をくすぐられ、純一はお尻がむずむずしてきた。明らかに興奮してきたのである。

「課長、あっ、いや、玲子さん。ぼく、実は、あなたに会おうと思って、その、今朝は山手線のほうから大まわりして」

　テーブルの上に視線を落としたまま、純一はついに告白した。からめられた玲子の腕に、ぐっと力がこもる。

「そう。あたしに会って、どうするつもりだったの？」

「そ、それは」

　ここまで問われると、ほんとうのことを言うべきかどうか、純一はまた迷わなければならなかった。正直に、痴漢をするためだった、と告白したとして、玲子が笑って済ませてくれるという保証はない。

「もう少しお酒が入らないと、話せないかもしれないわね。さあ、飲んで」

　酒を勧める言葉にも、どことなく甘ったるい響きが加わってきた。とうとうテーブルの下では、純一のペニスが勃起しはじめた。もう開き直るしかない。

「玲子さん、正直に言います。ぼく、なんとかあなたのお尻にさわれないかと思って、それで、都営地下鉄に乗ったんです」

「まあ、田代くんったら。ふふっ、よく話してくれたわね。うれしいわ」

そう言って、玲子は純一の肩に頬を押しつけてきた。気圧《けお》されながらも、純一の興奮はますます高まってくる。

「ねえ、田代くん。あたしの噂、あなたも聞いたことがあるでしょう？」

「噂って、あの」

玲子が社長の二号なのではないかという話は、純一ももちろん聞いている。しかし、本人の前で口にするのは、やはりはばかられた。

「いいのよ、遠慮しなくたって。そう、あたしが社長のお妾《めかけ》さんだって噂よ。だれかから聞いてるんでしょう？」

「ええ、一応は」

「一応だなんて、気をつかっちゃって。でもね、噂はほんとなの。ほんとなんだから、もう噂なんて言わないほうがいいわね。そう、あたしはね、社長の二号さんってわけなの。軽蔑《けいべつ》した？」

「そんな、軽蔑だなんて」

まだ水割り一杯を飲んだだけだというのに、玲子は酔ったのか、少し呂律《ろれつ》がまわらなくなってきている。

「いいのよ。みんながあたしのこと、なんて言ってるか、ちゃんと知ってるんだから。でもね、あたしは二号が悪いとは思ってないの。だって、お金のために二号になってるわけじゃないのよ。あたしはね、あの人が好きなんだもの」

グラスに残っていたお酒を飲み干し、玲子はまた新しく水割りを作って、ひと飲みした。

「ごめんなさいね、こんな話になっちゃって。でもね、あたし、ほんとは寂しいのよ。いくら一生懸命好きになっても、あの人にはちゃんと家庭があるし、あたしのところへは、週に一度しか来てくれないんだもの」

玲子は、また純一の肩に頬をすり寄せてきた。

純一は、じっと彼女の目を見つめてみた。すると、会社でてきぱきと仕事をこなすキャリアウーマンではなく、かわいい一人の女の顔がそこにあった。

そんな玲子がとてもいとおしく感じられて、純一は思わず左手を彼女の肩にまわした。上着を通して、肩の肉の柔らかさが手のひらに伝わってくる。

「やさしいのね、田代くん。ほかの人はね、社長の愛人だって噂が流れただけで、お酒にも誘ってくれなくなっちゃったのよ。だからね、あたしはいつも一人ぼっちなの。ううん、いつもなんて言ったらあの人に悪いわね。そう、あの人がマンションに来てくれる日以外は、まったく一人ぼっちなの。だからね、田代くん、あたしは仕事に生きるしかないのよ」

まだまだ男中心の日本のビジネス社会で、堂々と渡り合っている玲子に、こんな陰の姿があろうとは、純一は思ってもみなかった。

「ねえ、田代くん。もう一度、聞くわ。あたしのお尻、どうだった？」

「ぼく、感激しました。ほんとです。いつもすてきな人だなって思ってたから、手のひらにあなたのお尻の柔らかさを感じたとたん、まるで足が地に着いてない感じになっちゃって」

純一は素直に感想を述べた。実際には、その直後に玲子に気づかれたと思い、興奮や感激どころではなくなってしまったのだが。

「ありがとう、田代くん。あたしね、痴漢に遭うのも珍しいのよ」

「そんなはずはないでしょう」

「ううん、ほんとなの。あの人に言わせるとね、あたしって堂々としすぎてるから、痴漢も近寄りがたいんじゃないかって。失礼な話よね、まったく」

玲子はそう言って、自嘲気味《じちょうぎみ》に笑った。それでも、社長のことを「あの人」と呼ぶときの彼女は、純一にはほんとうに幸せそうに見えた。真剣に社長を愛しているのだという気持ちが、ひしひしと伝わってくる。

「ねえ、田代くん。今夜、これからの予定は?」

案外はっきりした口調で、玲子が尋ねてきた。

「いえ、きょうはもう何も」

「だったら、うちへ来ない?　ふふっ、大丈夫よ、今夜は絶対にあの人は来ないわ」

「はあ、でも」

「つまみ食いだなんて思わないでね。あたし、これでもプライドは持っているつもりよ。だれとでも寝るってわけじゃないわ。でもね、あなたが告白してくれて、ほんとにうれしかったの。だから、今夜はどうしてもあなたに抱かれたいのよ。ねえ、どう?」

「玲子さん」

純一に異存のあろうはずがなかった。ゆうべもその前の晩も、彼は玲子のことを考えながら、いきり立ったペニスを握ったのである。

それに今回は、例の痴女や由起子と関係を結んだときとは、ちょっと事情が違っていた。玲子を抱けるのも、同じように幸運には違いないが、少なくとも純一は今夜、玲子をとてもいとおしく思っているのである。

ひと晩だけの関係に終わるのかもしれない。いや、かもしれないどころではない。確実に、一夜限りのことになるだろう。しかし純一は、いまなら精一杯、玲子を愛してあげられるような気がした。

3

タクシーを降りると、目の前にそびえるマンションの豪華さに、純一は一瞬、自分の目を疑った。いくら課長でも、女一人の力で手に入れることのできる部屋ではなさそうだった。

「立派すぎて驚いた？　ここはね、賃貸物件なの。家賃はあの人と半分ずつ出してるのよ」

エレベーターに乗りながら、玲子が言った。

「半分でも、かなりの額でしょうね」

「そうね。給料の三分の一は飛んじゃうわ。でもね、一度住んだら、やめられない環境なの。静かだし、見晴らしは抜群だし」

十二階で降り、玲子は部屋の鍵を開けた。明かりがともると、ふかふかの絨《じゅう》毯《たん》を敷きつめたリビングルームが、純一の目の前に広がった。誇張した表現ではない。六畳ひと間のアパートに暮らす純一には、それはとてつもなく広い空間に思えたのである。

「遠慮はいらないわ。楽にしてね」

呆気にとられて玄関に立ちつくす純一の背中を、玲子がそっと押した。今夜は彼女と二人きりですごせるのだという実感が、純一の胸に急激に押し寄せてくる。

「何か飲むでしょう?」

「い、いえ、ぼくはもう」

リビングの低いソファーに腰をおろしながら、純一は頭に血がのぼってくるのをはっきりと感じた。玲子も、純一の左隣に体をすり寄せて座る。

「そうね、もうお酒なんか必要ないわね。ああ、田代くん」

妖《あや》しい笑みを浮かべた玲子は、純一の手を取り、自分の乳房へと導いた。

「あっ、れ、玲子さん」

上着を突きあげるふくらみの柔らかさは、布地越しでも充分に感じられた。今朝のお尻に続いて、純一はあこがれの女上司の乳房に触れたのだ。

真正面から見つめ合い、二人はごく自然に唇を合わせた。すぐに玲子の舌が、歯を割って侵入してくる。

同時に、玲子の左手が純一の膝にあてがわれた。そこからすでに隆々《りゆうりゆう》とそそり立ったペニスに向かって、手はふとももを這いあがってくる。

純一のほうも、右手で玲子の上着を払いのけ、ブラウスのボタンをはずしにかかった。ブラウスの生地のなめらかささえ、ますます欲情をあおられてしまう。

玲子の手が純一の硬直をズボンの上から握りしめたころ、ブラウスの胸もとから侵入した純一の手は、ブラジャーのカップの中に吸い込まれていた。玲子の柔肌に、とうとうじかに触れたのである。

「うっ、ううん」

純一が指先に当たった乳首をこねまわすと、玲子は唇を離し、苦しげに身もだえた。

さわっている玲子の胸に目を落とし、彼女が身につけているのが、ハーフカップの淡いピンクのブラジャーであることに、純一は気づいた。彼の大好きな前開きのブラである。

右手でねじるようにしてフロントホックをはずすと、支えられていた豊満なふくらみが、それを待っていたかのように、ぽろんとこぼれてきた。

純一は、迷わず左の乳房を揉みしだいた。すべすべしたふくらみに、指先が食い込んでいく。

「もっと、もっと強く揉んで。そう、あたしはね、痛いくらいのほうがいいの」

催促《さいそく》された純一は、親指と人差し指で乳首をつまみ、押しつぶすようにこねてみた。

「ああっ、そう、そうよ。たまらないわ。そうやってオッパイをいじられると、それだけで下が濡《ぬ》れてくるの」

玲子は、いっそう体を純一にすり寄せてきた。純一は唇を、玲子の首筋から鎖《さ》骨《こつ》、さらには剝《む》き出しになった乳房へと移動させていく。

唇で愛撫《あいぶ》を続けながら、ソファーからおりて絨毯の上にひざまずき、右手をスカートの中にもぐり込ませた。

まず純一の指先に触れてきたのは、ストッキングのざらついた感触だった。玲子は極薄の黒いパンティーストッキングをはいていた。

純一の手の侵入に気づくと、玲子は少しだけ膝をゆるめた。一気に脚を開いてしまわないところに、純一はより劣情《れつじょう》をそそられる。

ふくらみの頂上で球状に硬くなってきた乳首を舌先でころがし、ときおり赤ん坊のように、純一は思いきり吸ってみる。

「ああっ、そう、そうよ。ううっ、ねえ、噛《か》んでもいいのよ。もう少し強く、ねえ、噛んで」

玲子はほんとうに痛くされるのが好きらしかった。純一がおそるおそる乳首に歯を立てると、彼女の全身がびくんと震えた。とたんに膝がぎゅっと閉じられ、純一の右手は弾力のあるふとももの間に挟み込まれた。

そのままパンスト越しにふとももを撫で、窮屈な脚の間を、純一は股間を目指して指先を進めた。もう少しでパンティーというあたりで、すでに中指の先にはわずかに湿り気を感じた。

「玲子さん、濡れてるんですね」

乳首から口を離し、彼女を見あげて純一が言った。

「そ、そんなこと言わないで。恥ずかしいわ。ううっ、で、でも、そうなの。あたし、もうすっかり濡れて」

眉間《みけん》に皺《しわ》を寄せ、苦しそうにもだえる玲子の姿に、純一はますます欲情した。もう一度、乳首を口に含み、右手をさらに奥までもぐり込ませる。

本人の言うとおり、たっぷりあふれ出た愛液は、パンティーを通り抜けて、パンストの上にまでしみ出ていた。

濡れた部分をなぞるように、指先を上下させながら、純一はまた乳首に歯を立てた。すると、玲子の体がぴくぴくっと震えた。右手の指先に、じゅっと愛液が湧き出てくるのを、純一ははっきりと感じた。

乳房をいじられるだけで濡れてくるという玲子の言葉は、どうやら誇張ではなかったらしい。

純一のほうも、のんびり玲子を観察している余裕はなくなっていた。股間のイチモツが、すでに緊急事態を迎えていたのだ。

「玲子さん、脱がしてもいいですか」

純一が見あげると、眉間に皺を寄せたまま、玲子は弱々しくうなずいた。

大きく息をつき、純一は玲子の真正面の床に、あらためてひざまずいた。左手もスカートの中に入れ、両手をお尻のほうまで突っ込んで、パンストとパンティーを一気に脱がせにかかる。

　玲子も腰を浮かして協力し、いよいよ彼女の下半身があらわになっていく。布地を引きおろすとき指先に触れた玲子のふとももは、とても柔らかく、すばらしい感触だった。

　パンストの中に小さく丸まったパンティーの股布の部分は、すっかり愛液にまみれていた。股間を離れるときに、これが糸を引いてふとももを濡らす。

　パンストとパンティーを一緒にしたまま足首から引き抜き、純一は、とうとう玲子のスカートの下を無防備にしてしまった。

「ああ、なんだかスースーするわ。うふっ、ねえ、このままじゃ寒いわ。早くあなたのオチン×ンで埋めて」

　埋めて、という、あまりにも直接的な表現に、純一の興奮はまた一気に燃えあがった。体がぶるぶると震えだす。

　いったん体を離すと、純一は上着を脱ぎ捨てた。あわててベルトをゆるめ、ズボンとブリーフをまとめてずりおろす。すでに隆々とそそり立ったペニスが玲子の目の前に飛び出し、一瞬、玲子が小さな叫び声をあげた。

「いいんですね、玲子さん」

ズボンとブリーフを足首から抜き取ると、玲子が年上であることも忘れ、まるでバージンの女性を相手にするときのような口調で、純一は彼女に確認を求めた。

うなずいた玲子は、純一のほうに両手をのばしてくる。

もう一度、この場にひざまずき、あふれ出た愛液でたっぷり潤《うるお》った秘密の花園を、ゆっくり舌で味わってみたい、と純一は思った。

しかし、玲子をいとおしいと思う気持ちが、逆にそうはさせなかった。早く彼女を抱きしめ、寂しがっている孤独な狭間《はざま》を、自分の肉棒で埋めてやらなければならない、と考えたのである。

純一は、ソファーに座った玲子にのしかかって唇を合わせ、彼女の体を床の絨毯の上に引きずりおろした。

「うっ、うぐぐ」

唇を塞《ふさ》がれたまま、玲子は苦しそうにうめいた。それでも、彼女の両手はしっかり純一の首にまわされ、思いきり自分のほうへ引き寄せようとしている。

純一の右手は荒々しく乳房を揉んだあと、脇腹から体の側線《そくせん》にそって膝まで下り、今度は内ももから、ぐしょ濡れのクレバスへと這いあがった。

「は、早く。お願い、早く、ちょうだい」

興奮にかすれた声を、やっとのことで玲子が絞り出した。

純一は玲子の脚を開かせ、その間に体を移した。

玲子をまっすぐに見つめると、潤《うる》んだ瞳で見つめ返してきた。大きく息を吐き、純一は体を結合させるべく、ゆっくりと前進した。

ごく自然な動作で、玲子の右手が硬直に添えられる。

「ああ、熱いわ、田代くん。あなたのオチン×ン、とっても熱い」

「ううっ、ああ、玲子さん」

玲子の誘導に任せて純一が体を進めると、肉路に溜まった愛液がはじき出される下品な音を残して、硬直はぬるっと彼女の体内に埋め込まれた。

「ああっ、す、すごいわ。ああ、田代くん」

「ぼ、ぼくも」

純一がピストン運動に移ると、玲子もそれに合わせて下から腰を突きあげてきた。そのたびに愛液が外界《がいかい》にはじき出され、純一の下腹部でくぐもった音をたてる。

玲子の場合、締めつけはそれほど強力ではなかったが、内部の柔肉がペニスにからみついてきた。肉棒を手前に引き抜くと、それと一緒に肉襞《にくひだ》が外について出てくるような気さえする。

あたし、寂しいの。お願い、放さないで。玲子の肉襞が、そんなふうに叫んでいるのが聞こえるようでもあった。それに対して純一も、放すもんか、という思いに駆られてしまう。

「すてきだわ、田代くん。ああ、好き。好きよ、田代くん」

「ぼくだって、ぼくだってあなたが好きですよ、玲子さん」

「うれしい。ああっ、いっちゃう。ねえ、あたし、いっちゃう」

「ああ、あうっ、れ、玲子さん」

玲子の体が、不自然なほどがくがくと痙攣《けいれん》しはじめたとき、純一のペニスの先端からは、熱く煮えたぎった欲望のエキスが、猛烈な勢いでほとばしっていた。

そのまま玲子の上に重なり、純一は思いきり唇を吸った。ぴちゃぴちゃと淫猥《いんわい》な音をたてて、二人は激しく舌をからめ合う。

いとおしかった。下から必死で自分にしがみついてくる玲子が、純一はとにかくいとおしかった。

「お願い、今夜は、今夜だけは、ずっとそばにいて」

かすれた弱々しい玲子の言葉に、純一は無言で何度もうなずいた。

第四章　相性のいい女

1

会社の上司である玲子との体験は、純一に新たな感激を与えるものだった。

あこがれの女性とセックスができたという事実も大きかったが、会社ではキャリアウーマンとして辣腕《らつわん》をふるっている玲子の、かわいらしい一面を知ることができたのが、純一には何にも増してうれしかった。

この気持ちを、純一はぜひとも三田村に聞いてほしいと思った。玲子に対する痴漢行為は、三田村が高校生のときに、近所のあこがれのお姉さんに対して働いた行為と、どこか似ている気がしたからである。

玲子のマンションに泊まった次の晩、純一は、以前から聞いていた三田村の電話番号をダイヤルしてみた。もうかなり親しい関係になっているのに、純一のほうから電話をするのは、これが初めてだった。

べつに電話が嫌いというわけではない。直接、三田村が出てくれるかどうかがわからないので、なんとなくかけにくい感じがしていたのである。

三田村が純一について、妻にどう話しているかわからないし、もし「どういうお知り合いですか」などと尋ねられたら、答えに窮《きゅう》してしまう。

奥さんが出てきたら、そのときはそのときだ。

そう開き直って、純一は受話器を握りしめた。

「はい、三田村でございます」

予想どおり、三田村の妻らしい女性が出た。ところが、彼女の声を聞いたとたんに、純一は不思議な気分に包まれた。会ったこともない彼女の声に、どことなく懐《なつ》かしさのようなものを感じたのだ。

「あのう、夜分にすみません。ぼく、田代という者なんですが」

「ああ、田代さんですね。いま主人に代わります」

「は、はあ」

まるで、すでに純一を知っているような口ぶりだった。

三田村さんはぼくのことを、どういう存在として奥さんに話してるのかな。まさか、痴漢仲間だ、なんて言うはずはないけど。

多少のとまどいを覚えつつ、純一は三田村が出てくるのを待った。

「田代くん？　よく電話してくれたね」

「あっ、どうも。遅い時間にすみません」

「いやいや、とんでもない。退屈してたところなんだ。ちょうどよかったよ。何かあったのかい？」

「実は、あれから一人だけ、痴漢にトライしまして」

「ほう、ついにやったか。で、成功したの？」

「ええ、なんとか」

「そうか。ぜひ詳しく聞きたいな。電話じゃ細かいことは話せないだろう。きみさえよかったら、また飲みに行かないか」

「ぼくのほうこそ、お誘いしようと思って電話したんです」

「そうか、そうか。俺のほうは、いつでもいいよ。あしたでも、あさってでも」

「あしたでいいですか。例のお店だったら、七時までには行けると思います」

「うん、わかった。じゃあ、七時に待ってる」

「よろしくお願いします。あっ、三田村さん、それから」

「うん？　なんだい？」

純一は一瞬、彼の妻のことを聞いてみたくなった。しかし、考えてみれば、どう尋ねていいのかもわからなかった。懐かしさを感じたのは、単に彼女の声が、だれか知人の一人に似ていただけかもしれないのである。

「もしもし、田代くん、どうした？」

「い、いえ、あの、いいんです」

「そうか。楽しみにしてるからね」

「こちらこそ。それじゃ、おやすみなさい」

電話を切ると、純一の頭にまた玲子の顔が浮かんだ。会社での玲子ではなく、ベッドの中のかわいらしい彼女の姿を思い描いて欲望を放出すると、彼は朝まで熟睡した。


「どんな相手にさわったんだい？」

約束の店で会ったとたん、三田村が興味津々《きょうみしんしん》といった感じで尋ねてきた。

「それがですね、直属ではないんですけど、ぼくの会社の課長なんです」

「ほう、女上司ってわけか。で？」

「それが、痴漢行為自体はうまくいかなかったんですけど、むしろ彼女のほうから誘ってくれちゃって」

「ベッドまでご一緒しちゃったのかい？」

「え、ええ、まあ」

「ほう、やったじゃないか」

「おかげ様で。自分でも信じられないくらいです。もちろん、最初からそこまで期待してたわけじゃありませんよ。ぼくとしては、前からあこがれてた女性だったんで、ちょこっとお尻にさわって、そのまま知らんぷりするつもりだったんです」

「うん、それが正解だな。でも、うまくいかなかったわけか」

「最初は順調だったんです。でも、夢中になってさわってるうちに、振り向かれちゃって。なにしろ相手がぼくの顔を知ってるんですからね」

「彼女の表情を窓に映して、ってわけにはいかなかったんだな」

「はい。ただ、あこがれの女性でもあったわけだし、なんとなく、三田村さんがこの前話してくれた、近所のお姉さんの話に似てるかなと思って」

「そう言えばそうだね。あのころは俺も、痴漢はこうあるべきだ、なんて考えは持ってなかったし、さわれるだけで幸せって感じだったもんなあ。でも、きみの場合は、その人とセックスまでしちゃったんだろう?」

「ええ。でも、すごくいい体験だったんですよ。というのは、彼女って会社では相当のやり手で、いわゆるキャリアウーマンなんです。それに、うちの社長の二号だって噂がある人で」

「社長の愛人か。スリルを感じるね」

三田村が身を乗り出してきた。純一が話したい内容を、少し勘違いしているらしい。

「いや、社長の女に手を出したとか、そういう話をしたかったんじゃないんです。実は、朝の電車でお尻にさわったあとで向こうから声をかけられて、会社が退《ひ》けたら会おうって言われたんです」

「そのときはもう、きみがさわったってことに気づいてたわけか」

「あとから考えれば、そうだったみたいですね。それで会って話してみたら、あっさり社長の二号だってことを認めたんです」

「潔《いさぎよ》い人なんだなあ」

「そうですね。ただ、社内で噂になってるような金銭的なつながりじゃなくて、社長を本気で愛してるみたいなんですよね、彼女の場合」

「ますます興味深いね。その彼女が、どうしてきみと寝る気になったんだろうな」

「聞いてみると、社長は週に一日しか通ってこないらしいんです。だから寂しくてたまらなくて、それで一生懸命、仕事に打ち込んでるんだって言ってました」

「なるほど。不倫の関係ではあっても、その男を愛してるから、相手の家庭を壊すような真似はしたくないってわけか。最近の女性には珍しいタイプだな」

「でしょう？　ぼくもそう思ったんですよ。それに、ベッドの中の彼女って、まるで別人なんですよね。キャリアウーマンのかけらもないんです。普段の活動的な彼女からは、ちょっと考えられないくらい、かわいい感じがして」

「ずいぶん感激しちゃったみたいだね。やっと愛情付きのセックスをしたってことなのかな」

「そうかもしれません」

「まさかその人に本気で惚《ほ》れちゃったんじゃないだろうな」

「ああ、それなら大丈夫です。もちろん好意は持ってますけどね。日陰の身なのに、ああやって社長を愛してる彼女が、とにかくかわいく思えたんですよ」

「いい経験だったね」

「ええ。それで、この前お話しした幸子の件なんですけど、やっぱりぼく、彼女とは別れたほうがいいなって気になったんです」

「ほう、もうそこまで決めたのか」

「一応、決心はしたつもりです。ぼくも幸子も、なんとなく流されていたように思えるんですよね。セックスも成り行きでしちゃった感じだし、このまま結婚してもいいんじゃないかなんて、漠然《ばくぜん》と考えてたみたいで」

「ただ、どんな場合にしろ、別れるっていうのはけっこう大変だぞ。大丈夫かい？」

「ええ、たぶん。付き合いはじめたきっかけが、いい加減すぎたってことですからね。真剣にぼくの気持ちを話してみるつもりです」

「誠意を持って当たれば、彼女もわかってくれるかもしれないな。でも、きみは偉いよ。俺にも経験があるけど、男っていうのは、別れる段になると、ついつい逃げ腰になっちゃうものだからね」

「あっ、それ、言えてます。課長とのことがあるまで、ぼくも幸子とはこのまま自然消滅でいいんじゃないか、なんて思ってたくらいですから」

三田村は大きくうなずいた。こうして本音《ほんね》で語り合える相手など、いまの純一には彼以外に考えられない。あらためて、出会えたことに感謝したくなる。

「三田村さんの前だと、なんでも話せるって気がしますよ。不思議だなあ」

「それは、きみと俺の間に利害関係がないせいじゃないかな」

「利害関係、ですか」

「人間っていうのは寂しいものでね、少しでも利害がからむと、どうしてもほんとうに思ってることが言えなくなるんだ。きみにも経験があるだろう」

「言われてみれば、そのとおりですね。会社の人とかって、いくら同期で仲よくやってるつもりの仲間でも、こいつが俺より先に出世したらいやだな、なんて、ついつい考えちゃいますもんね」

「そうそう。俺が自分で会社をやりだしたのだって、もとはといえば、そういうぎくしゃくした関係がいやになったからなんだ。セックスの話題にしたって、会社の同僚なんかと本音では話せないよ。いつどこで、それを吹聴《ふいちょう》されるかわからないからね」

「はあ」

「きみの会社の男連中が、その美人課長に手を出さないのだって、結局は社長が怖いからだろう？　もしきみが彼女と寝たなんてことがバレたら、きみの仲間のうちには、社長に密告の手紙でも出すやつが、きっと現れるだろうな」

純一は、知らず知らずうなずいていた。情けない話だが、それは事実だとも思った。笑いながら純一の肩をぽんと叩いて、「うまくやったな、田代」などと言ってくれる同僚は、一人としているとは思えない。

「だがね、田代くん。がっかりすることはないよ。サラリーマン社会っていうのは、そういうものだと思ってりゃいいんだからね。サラリーマンをやめろとは言わないけど、いつも自分を枠《わく》の外に置くようにすればいいのさ」

「枠の外？」

「人間って、自分と同じ種類の相手だと思うから、ライバル視したり、うまくいったやつを、やっかんだりするんだ」

「はあ、なるほど」

三田村の言おうとしていることが、純一にも少しわかりかけてきた。

「給料ひとつとっても、同期のやつが自分より多かったら、やっぱり面白くないのが普通だ。だけど、考えてもみなよ。きみと同い年で、去年のドラフトでプロ野球に入った連中なんて、契約金で何千万ももらってる。でも、べつに腹なんか立たないだろう？　それと同じだよ。相手は相手、自分は自分って考え方をしっかり身につければ、この世の中、けっこう楽しく見えてくるものだよ」

純一は、今夜は単に『痴漢道』ではなく、まさに三田村の人生観に触れることができたような気がした。

「おっと、話が難しくなっちゃったな。ごめん、ごめん」

「いえ、いいんですよ。こういう話も楽しいですから。ぼく、一人っ子だし、人生がどうのこうのって話、いままでほとんどしたことがなかったんです。今夜はずいぶん勉強になった気がするなあ」

「よせよ、田代くん。照れるじゃないか、勉強だなんて言われると。俺は、ただきみよりだいぶ長く生きてるってだけのことさ」

三田村さんは、どうしてこんなに自然体でいられるんだろう、と純一は思わずにはいられなかった。

「ところで痴漢の話に戻るけど、結局のところ、きみは一人ではあまり成功していないみたいだね」

冗談っぽく、三田村が純一を睨《にら》んだ。

「それを言われると面目《めんぼく》ないです。課長の場合は結果オーライでしたけどね。やっぱりぼくには無理なのかな」

「どうかな。でも、問題を起こすよりは、はるかにいいさ。きみ、うまくいってないからって、べつに欲求不満になったりしてないだろう？」

「ええ、それは大丈夫です。やっぱり、こうやって三田村さんに話し相手になってもらってるせいだと思いますよ」

「おやおや、ずいぶん持ちあげられちゃったな。でも、彼女とも別れるつもりになったわけだよね。ほかにだれか、好きな女の子はいないのかい？」

「いまのところはいませんね。会社にも若い子が何人かいるんですけど、どうも雰囲気が合わないし」

少しだけ難しい顔をして、三田村はしばらく考え込んでいたが、すっと顔をあげて言った。

「一人、きみに紹介したい子がいるんだけど、会ってみないか」

「紹介したいって、痴漢とは別な話なんですか」

「うーん、完全に別ってわけでもないんだ。その子も、まあ痴漢に遭ってみたいって言ってるし、最初はきみに相手をしてもらおうと思ってるんだけどね」

「じゃあ、やっぱり三田村さんが以前にさわった女性なんですね」

「いや、違う、違う。誓って言うけど、俺がさわった相手じゃないんだ。前々からチャンスがあったら紹介したいと思ってはいたんだけど、一応、彼女がいるようだし、どうもきみが熟女好みみたいなんで、これまで遠慮してたんだよ」

「その人、おいくつなんですか」

「えーっと、女子大の二年だから、二十歳になったばかりかな」

「ああ、ずいぶん若いんですね」

「やっぱり熟女のほうがいいのかい？」

「べつにそういうわけじゃありません」

純一は、以前からずっと疑問に思っていたことを、三田村に尋ねてみることにした。

「三田村さん、その女の子の話とも関係があるんですけど、ちょっと露骨なこと聞いてもいいですか」

「なんだい、あらたまって。俺にわかることなら、なんでも答えるよ」

「あのう、セックスで実際に挿入《そうにゅう》した場合にですね、恥丘《ちきゅう》っていうんでしょうか、例のこんもり盛りあがったところ」

三田村は真剣に耳を傾けてくる。

「由起子さんや、今度の課長の場合だと、あの恥丘のふくらみがまろやかで、不思議にぼくの下腹部とフィットしてたんですよね。ところが、幸子のあの部分って、なんとなくとがってるみたいで、どうも具合がよくなかったんです」

「ほう、それで？」

「これって、生まれつきのものなのか、それとも、経験を積んでいけば自然にフィットするようになるのか、ずっと疑問だったんです。どうなんでしょうか」

三田村は、宙を睨むようにして考え込んだ。

「簡単には答えられない質問だな。でもね、俺の考えでは、これも相性《あいしょう》だという気がするね」

「相性？」

「つまりね、きみにとって幸子さんの恥骨はとがっていて具合が悪かったと言ったけど、彼女にも、ぴったり合う男性がいるんじゃないかと思うんだ」

三田村の話は、純一にはやや意外だった。

「じゃあ、必ずしも幸子に欠陥《けっかん》があるわけではないんですね」

「医者じゃないから、正確なところはわからないけど、俺はそんな気がしてる。男だって女だって、性器の形や位置はさまざまだろう？　中にはぴったり適合する相手もいれば、そうじゃないのもいるはずだ」

「はあ。ただ、ぼくの感覚から言うと、なんだか熟女はみんな恥丘がこんもり盛りあがっていて、気持ちよくセックスができるような気がするんですけど」

「もちろん、そういうこともあるかもしれない。でもね、もしきみが幸子さんにもっと愛情を持っていたら、感覚も違っていたかもしれないじゃないか」

「なるほど。そういえば、そうかもしれませんね」

このへんの論法は、三田村独特のものだな、と純一は思った。彼はセックスと愛情を、いつも結びつけて考えようとする。この考え方には、純一自身も基本的に賛成なのである。

「幸子さんの恥骨がとがっているのは生まれつきかもしれないが、ほんとの意味で彼女をいたわれる人とセックスすれば、それほど問題にはならないんじゃないかな。いや、べつにきみを責めてるわけじゃないがね」

「いえ、いいんです。確かにそうかもしれません。恥骨のとがりが特に気になりだしたのは、幸子との関係が、ぎくしゃくしだしてからですから」

「つまり、きみが熟女好みなのは、若い女の子は、みんなあそこがとがってるんじゃないかって気がしてるせいなのかな」

「ええ、それもあると思います。あともう一つ、肌ざわりのことで」

恥丘の盛りあがりの問題は、一応、相性のせいだと考えるとしても、女性の肌、特にふとももの感触については、純一にはどうしても熟女のほうがまさっているように思えてならないのである。

「電車の中でさわっていて気づいたんですけど、由起子さんたちの肌って、とっても柔らかいし、なんだか手のひらが吸いつけられるような気がするんです」

「それは単にきみの好みだと思うけどなあ。確かに二十五くらいを境にして、女性の肌は微妙に変化してくる。ぴちぴちした弾力は消えていくけど、代わりに、きみが言う柔らかさみたいなものが出てくるからね」

「若い子では、やっぱりあの感触は味わえませんよね」

「そうかもしれない。ただ、これははっきり言って好きずきだからね。ぴちぴちした肌じゃないといやだっていう男だって、世の中にはたくさんいるだろうし」

三田村の話には納得したものの、やはり自分の好みは熟女の肉体なのだという思いが、純一の胸に強く残った。

「肌ざわりの好みはともかくとして、さっきの話に戻るけど、とにかく一度、会ってみてくれよ」

「ああ、二十歳《はたち》の子ですか」

「うん。俺とはそういう関係はまったくないんだけど、さっぱりしていて、ほんとにいい子なんだ。由佳《ゆか》ちゃんって名前でね」

「ユカさん、ですか」

「うん。理由の由に佳作の佳って書くんだ。外見的には、きみの好みだと思うよ」

「グラマータイプってことですね」

「ああ。ただ、無駄な肉は、まったくと言っていいほどついてないよ。夏は水泳、冬はスキーで鍛《きた》えてるらしいから」

「はあ、そうなんですか。でも、そんな女の子だったら、これまでにも痴漢には遭ってるでしょうに」

「もちろんそうなんだ。実を言うとね、最初にさわってきた男のほっぺたを、びしっとひっぱたいたらしい」

「うひゃあ、行動的な人なんですね」

「知らない男にさわられるのは、やっぱり気味が悪かったんじゃないのかな。だけど、何か不思議に感じるものがあったんだろう」

「三田村さんとは、どこでお知り合いになったんですか」

「ああ、その話ね」

　珍しく三田村が口ごもった。由起子と違って、電車の中で三田村が痴漢のターゲットにした女性ではなさそうだが、何かいわくがあるらしい。

「まあ、いつかはその話もしようとは思ってるけど、どうかな、最初は謎の女ってことにしておいたら」

「謎の女ですか。なんだか面白そうですね。ぼくはかまいませんよ。ぼくのこと、もうその由佳さんには話してあるんですか」

「ほんの少しだけね。由佳ちゃんのほうも、痴漢に遭ってみたいとは思っても、単なるスケベなおじさんが相手じゃ、いやなんだってさ。きみだったら年齢も近いし、理想的だと思うんだ」

「えっ、そこまで言っちゃっていいんですか。知りませんよ」

「大丈夫だよ。俺が言ったとおりにやってくれれば、それでいいんだから」

「でも、年下だと思うと、ちょっと緊張しちゃいますね」

「そうか、こんな若い子は初めてってことになるんだな。まあ、あんまり気にしないで、遊びのつもりで頼むよ。痴漢ごっこが初めての出会いっていうのも、けっこう楽しいんじゃないかな」

「わかりました。やっぱり朝の地下鉄でいいんでしょうか」

「あっ、それなんだけど、由佳ちゃんの都合もあってね、できれば帰りのほうがいいんだ。なんなら京橋まで、俺が彼女を連れていってもいいよ」

「そんな、それじゃ悪いですよ」

「いや、やっぱりそうしよう。そこで紹介しておけば、銀座線から丸ノ内線に乗り換えて、新宿までたっぷりさわってやれるだろう？」

「え、ええ、電車の混み具合にもよると思いますけど」

「そうだな。細かいことは、二人で決めてくれればいい。じゃあ、さっそく連絡してみるからね」

「はい、お願いします」

そうは言ったものの、純一はあまり乗り気ではなかった。本音を言えば、由起子のような熟女をもう一人紹介してもらったほうが、ありがたいのである。

できることなら、純一はもう一度、由起子に会いたいと思っていた。由起子の熟れた肉体は、いまでもときどきオナニーの際に思い浮かべている。

しかし、三田村の好意を無駄にはしたくなかった。日にちは電話で連絡を取り合うことにして、二人は二時間ほど飲んで別れた。

2

純一が西田《にしだ》由佳と初めて会ったのは、翌週の金曜日の夕方だった。京橋駅近くの喫茶店まで、三田村が彼女を連れてきてくれたのである。

わりあいに地味な紺のスーツに身を包んだ由佳は、三田村が話していたとおり、純一好みのプロポーションをしていた。ブラウスの生地を突きあげる胸のふくらみに、思わず生唾《なまつば》を飲み込む。

顔もなかなかの美形だった。ふっくらとした唇に、純一はなんとなく見覚えがあった。もちろん彼女とは初対面だし、知っているだれかの唇に似ているのだろう。

「すみません。突然、こんなことをお願いして」

三田村から純一を紹介されるなり、由佳はこう言って頭をさげた。

「そんな、お願いだなんてとんでもない。ぼくのほうこそ」

話しているうちに、純一はなんだかおかしくなった。知らない人が見たら、これから二人が電車の中で痴漢の真似事をするのだとは、とても信じられないだろう。純一の横で、三田村もくすくすと笑っている。

「面白いな。まるでお見合いみたいじゃないか」

「お見合いだなんて、いやな祐介さん」

少しだけ頬《ほお》を赤らめて、由佳が三田村の脇腹をつついた。

純一は、三田村と由佳の顔を、交互に眺めてみた。

ファーストネームで呼んだりしているところを見ると、二人は単なる知り合いというわけではなさそうだった。肉体関係はないという三田村の言葉を信用しないわけではないが、由佳に関する謎は、ますます深まってくる。

「いや、からかうつもりはなかったんだ。ごめん、ごめん」

三田村が話をもとに戻し、しばらくは三人でとりとめのない会話をかわした。由佳は通っている女子大の名前と専攻を言ったくらいで、三田村との関係についてては、ひと言も触れなかった。

「さて、それじゃ俺は先に行くから、二人でゆっくり楽しんでくれ」

三田村が伝票をつかんで立ちあがった。二人だけにされることに、純一はやや不安を感じたが、由佳のほうは落ち着いたものだった。にっこりほほえんで、三田村を見送っている。

「田代くんには、あとで電話するよ」

「あっ、はい。お待ちしてます」

三田村が行ってしまうと、少しだけ気まずい沈黙が流れた。純一の心臓が、次第に鼓動を速めていく。

「あたしたちも、そろそろ行きません？」

「そ、そうだね」

由佳のほうが、純一よりよっぽど度胸が据《す》わっているようだった。由佳にリードされる形で、純一は地下鉄のホームに向かった。喫茶店を出てからは、まったく言葉は交わさない。

時計の針はすでに六時半をまわっていて、一番混む時間帯からは少しはずれていた。それでも、二人の痴漢ごっこがほかの乗客にわからない程度には、電車は混み合ってくれるだろう。

渋谷行きの電車は、すぐにやってきた。大きく一つ深呼吸をして、純一は由佳の後ろから、一番前の車両に乗り込んだ。

まだ身動きがとれないというほどではなかったが、純一はそっと手の甲で由佳のお尻を撫《な》でてみた。

おおっ、すごい。こんなにボリュームがある。

手の甲にははっきりと、由佳のお尻のぴちぴちとした弾力が伝わってきた。

電車は間もなく銀座駅に着き、さらに混み合ってきた。純一は、いよいよ本格的に由佳の体にさわりはじめる。

手を裏返し、手のひらでもう一度、お尻に触れると、由佳の体がぴくっと震えた。先ほどまで堂々としていた彼女も、いくぶん緊張してきたのかもしれない。

指の腹で、小さな円を描くようにしてお尻にさわってみると、純一が想像していたよりは柔らかさを感じた。

その指をじりじりとさげていき、手のひら全体で、ふとものあたりを撫でてみた。お尻と同じように、ふとももはたっぷりとボリュームをたたえていた。その弾力が、手になんとも心地よい。

純一が喫茶店で見たところによると、由佳はストッキングをつけずに靴をはいていた。スカートの下は素足ということになる。

そうこうしているうちに、電車は新橋《しんばし》駅に着いた。わずかに降りた人もいるが、その何倍かの乗客がなだれ込み、相当な混雑になってきた。

純一はにんまりして、ますます大胆に由佳のお尻を撫でまわした。由佳はわりあいに背も高いので、それほど腰をかがめなくても、スカートの裾《すそ》に手が届きそうだった。

やや右肩をさげると、指先にスカートの裾が引っかかった。すぐに由佳のふとももの地肌の感触が伝わってくる。

ああ、すべすべだ。なんて気持ちがいいんだろう。

由佳のふとももの感触は、これまでに味わった熟女たちのものとも、また幸子のものとも違っていた。熟女たちのように、手のひらを吸いつけてしまう感じはないものの、きめが細かいのか、指先がほんとうに肌の上をすべる。

そのままわずかずつスカートを持ちあげ、右手を由佳の両ももの間に侵入させた。彼女は脚を開いてはいなかったが、肌のなめらかさに助けられ、純一の手は、難なく二本のふとももに挟み込まれた。

手の甲には右のふとももが、手のひらには左のふとももが触れている。感覚の鋭い手のひらはもちろんのこと、手の甲からも充分にその弾力が伝わってくる。

純一はゆっくりと手を前後に動かしながら、ももの付け根に向かって上昇させた。

しばらくして股間に到達すると、由佳は大胆なハイレグカットのパンティーを身につけていて、薄布の後ろは、ほとんど紐状《ひもじょう》になってお尻の割れ目に食い込んでいるのがわかった。

右手の親指をのばして、お尻の左側を揉《も》んでみると、由佳はぶるっと身を震わせた。両ももの間に挟み込まれた指の先には、なんとなく湿り気を感じた。純一のタッチで、由佳も少しずつ感じはじめているらしい。

電車は虎ノ門《とらのもん》の駅に着き、いよいよ車内はすし詰めの状態になった。体を動かすことも不可能に近かったが、純一は右手の指先だけを細かくうごめかせて、由佳のふとももを撫で続けた。

もちろんペニスは、とっくに硬く大きくそそり立ち、ズボンの下で行き場を失って痛みを感じていた。位置を直してやることもできず、そのまま由佳のお尻の左側に押しつけているしかない。

それにしても、三田村の誘いを断らなくてよかった、と純一は真剣に思った。

由佳が二十歳だと聞いたとき、単純に幸子の肉体を想像してしまった。確かに、見た目の体つきは幸子にも似ている。しかし、いま触れているふとももの感触は、明らかに幸子のものよりすばらしかった。もっとも、これが三田村の言う相性というものなのかもしれない。

電車が赤坂見附《あかさかみつけ》駅のホームにすべり込むころには、純一はすっかり由佳のふとももに魅せられていた。ずっとさわっていたい気持ちを抑え、とりあえず手を引き抜いて、スカートの裾を直す。

　ホームに降りると、由佳が振り向いてほほえみかけてきた。頬にはうっすらと赤みがさし、目がわずかに潤《うる》んでいる。

「田代さん、さわり方がとってもじょうずなのね」

　そっとささやかれ、純一はうれしくなった。

「きみだって、すごくすてきだったよ」

　照れてしまって、それだけ言うのがやっとだった。二人はホームを歩き、丸ノ内線の一番前の車両を待つ列に加わった。この線でも、一両目が最も混み合うのである。

　やってきた荻窪《おぎくぼ》行きの電車に乗り込むと、由佳は振り向いて、純一と向かい合った。

「ゆ、由佳ちゃん」

　とまどいを隠しきれない純一に、由佳はもう一度、にっこりとほほえんでみせた。

「今度は前からさわって。お願い」

耳もとにささやかれた由佳の声を聞いて、純一は背中がぞくぞくした。ズボンの下で、ペニスが妖《あや》しくうごめくのを感じる。

銀座線ほどではなかったが、この車両も充分に混んでいた。由佳の背中を入口のドアに押しつけ、純一はそろそろと右手をおろした。またスカートの裾をつまみ、わずかにまくりあげる。

右手を侵入させてしばらくふとももを撫でつけたあと、中指の先をそっとパンティーの前の部分にあてがってみる。

「ううっ、ううん」

下を向いて、由佳が小さなうめき声をあげた。純一の指先に当たってきた薄布の表面には、愛液によるシミが確認できた。パンティーの生地は薄手のナイロンらしく、ヘアのざらつきもはっきりと感じられる。

パンティーの脇から指先を侵入させてみたいという誘惑に駆られたが、それは思いとどまった。あまり極端なことをして、由佳に嫌われたくはない。

それでも、薄布を通り抜けた由佳の愛液が指にからみついてくると、純一は異様な興奮に包まれた。

純一の気持ちを察したのか、由佳が足の爪先《つまさき》を立てるようにして、右脚を純一の脚の間に割り込ませてきた。ふともも同士が、ズボンの布地越しにからみ合う。

「ああっ、由佳ちゃん」

純一は、思わず声をあげてしまった。彼女以外には聞こえなかったはずだが、由佳のふとももの感触に陶然《とうぜん》となった純一は、この瞬間だけは、満員電車に揺られているのだという現実を、すっかり忘れてしまったらしい。

電車が地上に出て四ツ谷《よつや》駅に着くと、由佳が純一の手を引いて外へとうながした。降りるつもりらしい。あわててまくれあがっていたスカートをおろし、不審に思いつつ、純一は彼女に従った。

「どうしたんだい、由佳ちゃん。降りちゃうの？」

「なんだか感じすぎで、体が火照《ほて》ってきちゃったの。このまま電車に乗ってたら、変になりそうで」

由佳は先ほどよりもいっそう頬を赤らめていて、目が虚《うつ》ろになっていた。純一が黙って見つめると、恥《は》ずかしそうにうつむいてしまった。その横顔が、なんともかわいらしい。

「じゃあ、少し歩いてみようか」

さりげなくズボンの前に手をやって、突っ張ったペニスの位置を直しながら、純一は言ってみた。

「ええ、できればそうしたいわ。ごめんなさい。きょうのことは、あたしのほうからお願いしたのに」

「いや、かまわないさ。ぼくも相当に興奮させられちゃったからね。少し冷ましたほうがよさそうだよ」

「まあ、田代さんったら」

階段をあがり、二人は四谷見附の交差点に出た。信号を渡り、新宿通りをぶらぶらと新宿方向へ歩きはじめる。人通りはそれほど多くない。

なんの前ぶれもなく、由佳が純一の右手を握ってきた。純一が驚いて横を見ると、彼女は恥ずかしそうに顔をうつむけている。

かわいい。なんてかわいい子なんだろう。

痴漢に遭ってみたいなどという子だから、きっとかなり経験もあり、すれた女の子なのだろうと、純一は勝手に想像していた。性的な経験については不明だが、いま隣を歩いている由佳からは、すれた感じはまったく受けない。

純一は、握られた手をぎゅっと握り返した。興奮した純一の体が火照っているせいなのか、由佳の手は少しだけ冷たく感じられた。指をからめていくと、由佳の手にも力がこもった。

こうやってると、まるで恋人同士だな。

純一は、ふとそんなことを思った。こんなふうに女の子と手をつないで街を歩いた経験は、純一には一度もなかった。幸子が人前でべたべたするのを嫌っていたせいもあるのだが、これほど心ときめくものだとは思ってもみなかった。

まだろくに話もしていないのに、純一は由佳が好きになりはじめているのを、はっきりと意識していた。

あまり言葉も交わさずに、二人は新宿通りを歩き続けた。

四ッ谷から新宿まで、地下鉄なら四駅である。気がつくと二人は、すでに新宿御苑《ぎょえん》前の駅にさしかかっていた。二駅分の距離を歩いてしまったことになる。

地下鉄の中で、新宿まで由佳の体にさわる約束だったのだが、面白いことになったものだ、と純一は思った。なめらかなふとももの感触を思い出すと、もっとさわっていたかったという気もするが、今夜はこのまま別れても後悔はしないだろうという気持ちのほうが強かった。

そのとき、ふと右手にラブホテルのネオンサインが見えた。通りから少し入った場所にあるらしい。普段の純一なら、すぐに淫靡《いんび》な想像をするところだが、由佳をそこへ連れ込みたいという欲望は、不思議なことに湧《わ》いてこなかった。

ところが、そのまま通りすぎようとする純一を、由佳のほうが引きとめた。

「田代さん」

「どうかしたの、由佳ちゃん」

「あの、あたしのこと、抱きたい？」

「そ、そんなこと、急に」

あまりにもストレートな由佳の問いかけに、純一は困惑した。抱きたいかと聞かれれば、答えはイエスに決まっている。しかし、そんな欲望を剝《む》き出しにした返事をするのも、なんだかきまりが悪かった。

「おかしな女だと思ってるでしょうね。痴漢に遭ってみたいって言ったり、突然、こんなこと聞いたり。でも、こんな気持ちになったのは初めてなの。あたし、あなたに、だ、抱いてほしいの」

しっとりと潤んだ目で、由佳はじっと純一を見つめてきた。純一には、彼女の口もとがわずかに震えているように見えた。いとおしさがつのる。

「由佳ちゃん、ほんとに、いいの？」

急激に渇いてきた喉から、純一はやっとのことでそれだけの言葉を絞り出した。

　由佳は黙ったまま、こっくりとうなずく。

　意を決した純一は、彼女の手を引いて新宿通りを右に折れた。

　雲の上を歩くような不安定な足取りで、純一はラブホテルの門をくぐった。由佳は従順についてくる。初めての場所は、やはり緊張する。

　フロントのパネルで部屋を選び、キーを受け取った。エレベーターはなく、三階まで階段をあがった。純一の心臓は、どきん、どきんと大きく鳴りだし、手のひらはじっとりと汗ばんでくる。

　鍵を開け、靴を脱いで部屋にあがると、純一は迷わず由佳を抱きしめ、唇を合わせた。由佳も両手を純一の首にまわして、抱きついてくる。

　柔らかな唇の粘膜の感触を味わいながら、純一は由佳の歯の間に舌を侵入させた。ためらいがちに、由佳も舌をからめてくる。

　純一は、由佳の体が小刻みに震えているような気がした。だが、もしかすると、震えていたのは純一のほうだったのかもしれない。

　純一は右手で、由佳の乳房をまさぐった。ブラウスの上からでも、ふくらみが手のひらにあまることがはっきりわかった。ブラウスとブラジャーの生地ごと、ぎゅっと揉んでみる。

「ううっ、ううん」

小さくうめいて、由佳が唇を離した。

「ごめんなさい。先に、シャワーだけ浴びさせて」

訴えるような目で純一を見つめ、かすれた声で由佳が言った。

「あっ、ごめん。気がつかなくて」

そう言って、純一は由佳の背中を浴室のほうへ押しやった。

浴室はガラス張りで、中が見えるようになっていたが、純一は背中を向けてテレビをつけ、音量をあげた。自分の存在など気にせずに、由佳にゆっくりシャワーを浴びてほしいと思ったからだ。

しかし、もちろん画面など見てはいなかった。ほんとうは、振り向いて由佳の裸体を見たくて仕方がなかったのである。

必死でこらえていると、ほんの数分で背中に由佳の声がした。

「あなたもシャワーを浴びてきたら？」

純一が振り向くと、バスタオルを体に巻いただけの由佳が立っていた。悩ましい胸の谷間や、ボリュームのあるふとももが、純一の目を刺激してくる。

「う、うん、そうだね」

由佳をその場に残し、今度は純一が浴室に向かった。中に入ってガラス越しに見ると、ちょうど由佳が毛布をまくってベッドに入るところだった。脚をあげた瞬間、白いふとももの奥に、かすかに黒いヘアが見えたような気がした。

急いでシャワーを浴び、純一は浴室から出た。いよいよ由佳をこの手に抱けるのだと思うと、それだけで呼吸が荒くなる。

落ち着け。彼女は年下なんだ。ぼくがリードしてあげないと。

バスタオルで体を拭《ぬぐ》いながら、鏡の中の自分に向かって、純一はそうつぶやいた。すでにペニスは臨戦態勢を整え、ほとんど下腹部に貼りついている。

大きく一度、深呼吸してから、純一は丸裸でベッドに向かった。

恥ずかしいのか、毛布を引きあげて、由佳は顔を隠していた。

純一は黙って隣にすべり込んだ。彼女の顔から毛布を引きはがす。

「由佳ちゃん、ほんとに、いいの？」

うなずく由佳の体は、やはり小刻みに震えていた。

「田代さん、あの」

抱き合う前に、何か言っておきたいことがあるのかもしれない。

「どうしたの？」

「あたし、バージンじゃないけど、あんまり経験ないの。だから、その、田代さんには、あ、あんまり、面白くないかもしれないと思って」

「馬鹿だなあ。そんなこと、気にしなくてもいいのに」

ますますいとおしさを感じながら、純一は由佳の唇を吸った。右手を乳房にあてがう。思ったとおり、ふくらみは手のひらからこぼれる大きさだった。すべすべの肌に、純一の指先が食い込んでいく。

「ううん、うぐぐ」

左手を由佳の首の下に差し入れ、首筋に唇を這《は》わせながら、純一は右手を下降させた。由佳の体の左側を膝《ひざ》のあたりまで撫でおろしてから、いよいよ指先が内ももに触れる。

ぴくぴくっと体を反応させて、由佳は少しだけ脚を広げた。手のひらをいっぱいに開き、純一は右の内ももを撫でてみる。たっぷりとしたふとももは、シャワーのあとなのに、やはりすべすべだった。

ああ、気持ちいい。若くても、こんなにさわり心地のいいふとももあるんだ。

新たな感激を味わいつつ、純一はしばらく由佳のふとももを撫でまわした。指先で押すと、それが同じ強さで押し返される。すばらしい弾力だ。

やがて純一の指先は、由佳の股間まで這いのぼった。柔らかくそよぐヘアをかき分け、中指の先が秘唇に触れる。

「あっ、ううん、ああ」

湿り気は感じるが、充分に潤ってはいなかった。中指の腹を使って、純一はゆっくりとクレバスを上下になぞりはじめた。経験が浅いせいなのか、まだ秘唇は開ききってはおらず、外側のびらびらがない。

純一は急に、由佳のその部分に唇を這わせたくなった。首の下から手を引き抜き、毛布の中にもぐり込みはじめる。左右の乳首を交互に口に含み、そのまま下降して下腹部まで舐《な》めおろす。

「ああっ、そ、そんなこと」

由佳が純一の髪の毛をつかんで阻止《そし》しようとしたが、本気で止めようとするものではなかった。かまわずに頭をさげていくと、彼女もあきらめたように手を放す。

純一の鼻先をヘアがくすぐり、間もなく唇に秘唇が触れた。

いったん唇を離した純一は、体を丸めて完全に由佳の両脚の間に移動した。彼女に立て膝をさせる。毛布のせいで暗くて見えないものの、鼻にはなんとも言いようのない淫靡な香りがまつわりついてくる。

ベッドに肘《ひじ》をつき、両手でふとももをすくいあげるようにしてさわりながら、純一はふたたび顔を股間に接近させた。

左右のふとももにキスの雨を降らせ、シーツに顔をこすりつけて、お尻に近いほうから、淫裂《いんれつ》の合わせ目に向かって、すっと秘唇を舐めあげてみる。

由佳の全身がぴくぴくっと震え、両ももが純一の顔を挟みつけてきた。そのふとももを押し開き、純一はもう一度、同じように下から舐めあげた。今度は秘唇の合わせ目で舌を止める。

「ああ、田代さん。ああっ」

由佳のクリトリスは、まだ半分以上が包皮に覆《おお》われていた。それでも、舌先をとがらせて軽くつついていると、こりこりと硬さを増してきた。

ふたたび下へ向かって舐めおろしてみると、先ほどよりだいぶ潤んできていた。純一の唾液《だえき》のせいばかりではなく、由佳の体の奥からも、蜜液があふれてきたらしい。

その蜜液を舌先ですくい取り、クレバスの合わせ目の肉芽《にくが》になすりつけた。舌を震わせて肉芽をなぶると、わずかに腰を浮かせて由佳が身もだえた。

「いやっ、ああっ、駄目よ、田代さん。そ、そんなに激しくなんて、ああっ」

無意識のうちの行為なのか、由佳は純一の髪の毛をかきむしった。彼女がもだえ声をあげるたびに、純一のほうもいちだんと欲情してきた。そろそろ我慢も限界に近い。

由佳の体の上を這いのぼり、純一は毛布から顔を出した。由佳は眉間《みけん》に皺《しわ》を寄せて、悩ましい表情を見せている。

「由佳ちゃん、ぼく、我慢できない。そろそろきみの中に」

「あっ、ごめんなさい、あたしばっかり。いいわ、入ってきて」

シーツで口もとを拭《ぬぐ》い、もう一度、由佳と唇を合わせてから、純一は膝立ちになり、硬直の根元に手を添えた。

由佳は右手をおろし、自らの秘唇に手を這わせていた。濡《ぬ》れ具合を確かめているのかもしれない。

「いいわよ、田代さん。来て」

音をたてて唾《つば》を飲み込み、純一はじりじりと前進した。硬直の先端をヘアがくすぐる。次の瞬間、由佳の右手が、ペニスをぎゅっとつかんだ。

「うっ、おおっ、由佳ちゃん」

「ああ、硬い。とっても硬いわ、田代さん」

憑《つ》かれたように言って、由佳はペニスをクレバスに導こうとした。純一は根元に添えていた右手を離し、その手を由佳の乳房にあてがう。

すべすべのきめの細かい肌が、乳暈《にゅううん》の部分にかかると、とたんにしっとりとした感じに変わった。乳暈の中央では、きれいな球状をした乳首が、つんと上を向いて立っている。

ぎこちない動作ながらも、由佳がペニスを手前に引いた。それに合わせて純一が腰を進めると、多少の抵抗のあと、硬直は淫裂を割り、ずぶずぶと肉洞《にくどう》に飲み込まれた。

「うわっ、ああっ、き、気持ちいい」

「ああ、入ったのね、あなたのが」

由佳は両手を純一の首にまわし、思いきり自分のほうへ引き寄せようとしている。

右手で激しく乳房を揉み、純一はゆっくりとピストン運動を開始した。由佳の肉洞は狭く、強烈に締めつけてきた。そのせいか、湧き出た蜜液が、ペニスの動きとともに、ぐじゅぐじゅと下品な音をたてる。

純一は感動していた。由佳の恥骨はとがってはいないらしく、体を打ちつけても、痛みはまったく感じなかった。それどころか、恥丘のふくらみはまろやかで、熟れた人妻たちと、まったく変わらない感触なのである。

これも三田村が言っていた、相性というものなのだろうか。とにかくひたすら気持ちがいい。

「由佳ちゃん。このまま、このまま出しても、平気なのかい？」

駄目だと言われても、もう引っ込みのつかない状態まで来ていたが、急に避妊をしていないことが頭に浮かび、純一は問いかけていた。

「ええ、いいの。ううっ、きのう生理が終わったばかりだから。ああっ、いいのよ。あたしの、あたしの中に出して」

純一は一気に腰の動きを加速した。由佳をオーガズムに導いていないことに、多少の後ろめたさを感じたが、もうどうにもならなかった。狭い肉路に向かって、思いきり体を打ちつけていく。

「ううっ、ああ、田代さん」

「ああ、由佳ちゃん、出ちゃう。出ちゃうよ、ああっ、由佳ちゃん」

由佳の指の爪が首筋に食い込むのを感じながら、純一は欲望のエキスをほとばしらせた。びゅっ、びゅっと、勢いよく精液が吐き出されるたびに、由佳の体にも小さな痙攣《けいれん》が走っていた。


「ごめんね、ぼくばっかり気持ちよくなっちゃって」

人心地《ひとごこち》がつくと、目を閉じたままの由佳に、純一はそっとささやいた。

「ううん、いいの。田代さん、ほんとに気持ちよかった？」

まぶたを開いた由佳が、目を輝かせて尋ねてくる。

「ああ、最高だったよ」

「最高だなんて、無理しなくても」

「いや、無理なんかしてない。本音さ」

嘘ではなかった。正直言って、放出する瞬間にこれほどの歓《よろこ》びを味わった経験は、これまでまったくなかったのである。

純一が一番不思議だったのは、欲望を放出し終わったあとも、由佳の体から離れたくないと思ったことだった。そのまま二回戦に突入しようとかいうのではない。とにかく、由佳と少しの間でも体を離したくないという気持ちが湧いてきたのだ。

純一は連続したセックスも可能だが、いったん放出してしまうと、一度は女性の体から離れたくなる。言い方は悪いが、一瞬だけ、相手の女性が疎《うと》ましくさえなるのだ。幸子の場合は特にそうだった。

ところが、今夜は違う。許されるなら、このままずっと由佳と一つになっていたいという気がするのである。

「ねえ、田代さん。あたしのこと、やっぱり変な女だって思ってるでしょうね」

「どうして？」

「だって、痴漢ごっこをやってほしいとか、突然、抱いてほしいとか、普通の女の子は絶対に言わないことだものね」

「ほかの女の子のことはよくわからないけど、きみのことが変だなんて、ぼくはぜんぜん思ってないよ」

「ほんと？　でも、痴漢に遭いたがってる女の子なんて、淫乱だと思われても仕方がないんじゃないかしら」

「何を言ってるんだ？　そんなこと言ったら、痴漢をやってるぼくなんて、完全に変態じゃないか」

「あっ、そうか。ふふっ」

ようやく由佳の体からおりて、純一は彼女と並んであお向けに横たわった。左手を由佳の首の下に差し入れると、彼女もにっこりほほえんで、純一の肩に顔を押しつけてきた。

「祐介さんから聞いたと思うけど、あたし、ただ痴漢に遭ってみたいと思ってたわけじゃないのよ」

「うん、聞いたよ。スケベな痴漢おじさんじゃいやだって」

「っていうか、女のほうがいやがってるのに無理やりさわるなんて、女としてやっぱり許せないの」

聞いていて、純一は三田村の『痴漢道』を思い起こした。由佳の考え方にも、三田村と共通する部分があるらしい。

「だから、痴漢なんて、ほんとは恋人同士がすればいいんじゃないかって思うの」

「恋人同士が痴漢を？　でも、恋人だったら、何もわざわざ電車の中なんかでやらなくても」

「うん、それはそうよね。だけど、二人以外にはだれにも知られずに、しかも大勢の人の中でお互いの体をまさぐり合うなんて、とってもスリルがあると思うの」

「ああ、なるほど。そうかもしれないね」

純一も確かにそう思った。三田村から伝授された痴漢の原則は、いやがる相手には絶対にしない、というものだった。そういう意味で、さわられたがっている人妻を紹介してもらったのだ。

しかし、考えてみれば、相手が恋人でも、あのスリルは充分に味わえるはずだった。いや、スリルが味わえるどころか、由佳が言うように、それが痴漢行為の最も理想的な形なのではないだろうか、という気さえしてくる。

「由佳ちゃん、きみ、恋人はいないの？」

「ええ、いないわ」

ちょっと寂しそうに、由佳は顔をうつむけた。純一の胸に、まずいことを聞いたかな、という後悔の気持ちが湧きあがってきた。付き合っている恋人がいるのなら、純一に抱かれたりはしないだろう。

「田代さんは？　好きな人、いるんでしょう？」

「いや、ぼくは」

正直に言えば、純一は確実に由佳が好きになりはじめている。しかし、それをここで告白するのは、あまりにも軽薄すぎる気がした。

「一応、付き合ってる人がいたんだけどね。どうもぎくしゃくしてきちゃって、はっきり別れるつもりになったところなんだ」

「あら、あたしに気をつかってくれなくてもいいのに」

「そんなんじゃないよ。ほんとの話なんだ。三田村さんに聞いてくれてもいい」

純一は、またくだらないことを言ってしまったと気づいた。まだ出会ったばかりの由佳に、むきになって恋人の存在を否定する必要もないのだ。

しかし、三田村の名前を出したことによって、純一はふたたび三田村と由佳の関係が気になりだした。思いきって尋ねてみてもいいのだろうが、少し怖い気もする。

「ねえ、田代さん。また会ってくれます？」

「そ、そりゃあもう、いつだって」

「うふっ、よかった」

由佳は純一の胸に顔をうずめてきた。

首にまわした両手でぐいっと抱き寄せながら、純一はこみあげてくるうれしさを抑えることができなかった。

また会ってくれるかどうか、純一のほうが聞きたいと思っていた。断られるのが怖くて、二の足を踏んでいたのである。

満ちてくる幸福感の中で、純一はもう一度、由佳を抱いた。今度こそ彼女をクライマックスに導かなければ、と思っていたにもかかわらず、夢中になった純一は、あっさりと彼女の肉洞内に、欲望のエキスを放ってしまった。

「ごめんね、また一人でいっちゃって」

「ううん、いいの。あたしもとっても気持ちよかったもの。セックスって、こんなにいいものだとは思わなかったわ」

上気した顔で、由佳が言った。その言葉に嘘はないだろう、と純一は思った。

「あっ、そうだ。きみの電話番号、教えてくれる？」

衣服を整えながら、当然、教えてもらえるものと思って、純一は尋ねた。しかし、一瞬だが、由佳の顔にとまどいの色が浮かんだ。

「あ、あの、いまね、ちょっと、最近、おかしな電話がかかってくるものだから、番号を変えてもらえるように頼んでるの。だから、新しい番号が決まったらすぐ教えるわ。ねっ、それでいいでしょう？」

「う、うん、いいけど」

なんとなく割り切れないものを感じたが、それ以上、追及しても仕方がないと思い、純一は自分の電話番号を由佳に教えた。

ホテルを出ると、またしっかりとお互いの手を握り合い、二人は新宿駅までぶらぶらと歩いた。

「朝でも夜中でもかまわないからね。近いうちに必ず電話してくれよな」

「ええ、きっとするわ」

中学生か高校生カップルのように指切りをして、純一と由佳は新宿駅で別れた。

第五章　人妻と女子大生

1

「まあ、そんなことになるんじゃないかと、思ってはいたんだけどね」

深夜の電話で、純一が由佳との顚末《てんまつ》を告げると、三田村はそう言って笑った。

「でも、どうだい、いい子だろう？」

「ええ。なんていうか、フィーリング的にも、ばっちり合ってるような気がするんですよね」

「うん、俺もそう思ったから紹介したんだ」

「それとですね、三田村さん」

「うん？　どうした？」

純一は、由佳の恥丘《ちきゅう》のふくらみについて報告しようと思った。若い女性はみんな恥骨《ちこつ》がとがっているのではないか、という純一の先入観は、由佳の存在によって完全に否定されたことになる。

「この間の話の続きですけど、由佳ちゃんのあそこって、信じられないくらい、ぼくの下腹部とフィットしてたんですよ」

「きみたちの相性《あいしょう》がいいってことかもしれないな」

「ええ、そう思いたいですね。でも、相性っていえば、セックスの面ばかりじゃないんですよ」

「というと？」

「由佳ちゃんとは初めて会ったのに、ぼく、なんだか幼馴染《おさななじ》みに会ったような気分なんです。もしかして、恋しちゃったのかなあ」

「おいおい、いきなり中学生みたいなこと言うなよ」

「いやあ、ほんとなんです。セックスまでしてきてこんなこと言っても、説得力がないかもしれませんけど、手をつないでるだけでも、その、幸せっていうか」

電話とはいえ、さすがに純一も照れた。とても二十三歳の男が言うせりふではない。

「そうか。よかったじゃないか」

三田村は、一転して真剣な声で言った。

「いや、さっきは茶化《ちゃか》して悪かった。俺もね、もしかしたらとは思ってたんだ。ああ見えても、由佳ちゃんはけっこう純情だし、きみはきみで、えらく真面目《まじめ》なところがあるからな」

「はあ」

「いろいろきみの話も聞いたけど、どうもこれまで本物の恋をしていないって感じがしてたんだ」

「そうなんですよ。考えてみたら、恋をする前に、いつの間にかセックスを覚えちゃったみたいで」

「かもしれないな。まあ、例の彼女と別れるのもなかなか大変だろうけど、すっきりケリがついたら、由佳ちゃんとのこと、真剣に考えてみてもいいんじゃないか」

「はい、ぼくもそう思ってるんです。三田村さんがなんて言うか、ちょっと心配だったんですよ」

「おいおい、俺が猛反対するとでも思ったのかい？　そんな野暮《やぼ》な男じゃないつもりだけどなあ」

「でも、あの、彼女と三田村さんの関係が、もうひとつよくわからないんで」

純一は思いきって、胸にくすぶっている疑問をぶつけてみた。

「ああ、そのことか。うーん、そうだな、べつに隠さなきゃいけないわけでもないんだが、もうしばらく待ってくれないか。時機を見て、きっと話すから」

「それはかまいませんけど」

「ただ、俺とおかしな関係じゃないってことだけは、わかってほしいんだ」

「そんなこと、疑ったりしてませんよ」

実際のところ、もし三田村が由佳と以前に関係を持っていたとしても、純一はいっこうに気にならないだろうと思った。三田村は純一にとって、それほど気の許せる存在になっているのである。

「とにかく、近いうちにまた飲もうよ」

「ええ、ぜひ誘ってください。お待ちしてます」

「うん、それじゃあ」

「おやすみなさい」

電話を切ると、純一の脳裏《のうり》にはすぐに由佳の笑顔が浮かんできた。股間《こかん》のイチモツ以上に、胸が熱くなっている。

しかし、由佳と本格的に付き合いだす前に、純一にはやらなければならないことがあった。それが済まない限り、本気で由佳を愛する資格は自分にはないのだと、純一は自分にきつく言い聞かせた。

幸子に電話するのは、ずいぶん久しぶりのような気がした。向こうからもかけてこなかったところを見ると、気持ちのほうはだいぶ冷めているに違いない。それでも、純一の声を聞くと、幸子は不思議に明るい声を出した。一瞬だけ、純一は以前の二人に戻ったような錯覚《さっかく》にとらわれる。

「大事な話があるんだ。一度、会ってくれないか」

「もちろんいいわよ。あたしも電話しようと思ってたんだ。話しておきたいこともあるし」

「そうか。じゃあ、あしたにでも」

「ええ、早いほうがいいものね」

二人は、翌日の夕方に会う約束をした。

純一は、由佳と本格的に付き合いだしてから幸子に会うのでは、あまりに卑《ひ》怯《きょう》だと思った。いまなら、まだ由佳とはどうなるかわからない。簡単にふられてしまう可能性だって、決してないとは言えないのである。

新しい恋人ができたから別れたい、というのでは、どう考えても虫がよすぎる。

幸子のほうの話というのが気にならないでもなかったが、とにかくすっきりさせなければいけない、と純一は思った。

翌日、以前、二人でよく通った喫茶店で純一が待っていると、いくぶんのびた髪をかきあげながら、幸子が入ってきた。手を挙げて合図しようとして、純一はぎくりとした。幸子が一人ではなかったからだ。

「ごめんなさい、待った？」

「い、いや、いま来たばかりだよ」

「あっ、まず紹介するわね。同じ研究室の寺島尚政《てらしまなおまさ》さん。こちらが田代純一さん」

立ったまま、幸子は手早く寺島という男と純一を引き合わせた。

「どうも、寺島です。あなたのお噂は、幸子さんのほうからいろいろと」

「はあ、それはどうも」

寺島には純一の情報が伝わっているらしいが、純一は名前を聞くのも初めての男だった。ウエートレスが二人の注文をとっている間、純一は目の前に座った男をじっくり観察する。

年齢は三十前後だろうか、やや生《は》え際《ぎわ》が後退していて、額《ひたい》がてかてかと輝いていた。度の強そうな眼鏡《めがね》をかけていて、いかにも研究者というタイプの男である。

「突然で申しわけないんですが、ぜひともあなたにお目にかかって、お話をしておかなければいけないと思いまして」

口を開いたのは寺島だった。幸子は黙って下を向いている。

「あのう、どういうことなんでしょうか」

わけがわからないまま、幸子にちらっと目をやり、やや詰問《きつもん》調で純一は尋ねた。

「いや、ほんとにご無礼だとは思ったんですが、自分は、こちらの幸子さんにプロポーズをした者なんです」

「はっ、プ、プロポーズ？」

純一は呆気《あっけ》にとられて、口をあんぐりと開けたまま、目の前の二人を交互に見つめてしまった。

「そうなのよ。あなたには黙っていて悪かったんだけど、ほんとはもう半年も前から、そういうお話をいただいてたの」

やっと幸子が口を開いた。純一と目が合うと、また気まずそうに下を向く。

「いや、彼女も隠していたわけではないと思うんです。お付き合いしている男性がいるというお話は、以前からうかがっておりましたし、自分なんかが割り込むのは、とんでもないとわかってはいたんですが、やむにやまれずという気持ちで」

白いハンカチを出して、噴き出してきた額の汗を拭《ぬぐ》いながら、寺島は必死で事情を説明している。彼の姿を見ているうちに、純一はなんだかおかしくなってしまった。

寺島は、なんとか純一に幸子をあきらめさせようと、交渉にやってきたらしい。幸子にしても、プロポーズまでされた男の存在を純一に隠していたことに、後ろめたさを感じているに違いない。

純一にしてみれば、これ以上の好都合はなかった。彼自身、きょうは幸子に別れを納得させなければならないと、悲壮な決意でやってきたのである。多少の修《しゅ》羅《ら》場《ば》も覚悟していた。

まさかこんな展開が待ち受けていようとは、思ってもみなかった。肩から重荷が取り除かれたように、純一の気持ちがいっぺんに軽くなる。

「こちらの勝手は重々《じゅうじゅう》承知のうえで、ぜひ自分たちのお付き合いを認めていただきたいのです。幸子さんとしても、あなたの許可が得られないと、自分と付き合うわけにはいかないということでして」

「いやあ、寺島さん、そんなに恐縮しないでくださいよ」

言葉の最後で、純一は思わず笑ってしまった。

今度は、目の前の二人がきょとんとする。

二人が注文した紅茶が運ばれてきたため、しばらく会話は中断したが、幸子はまったく事情が飲み込めないようだった。少しこわばった顔で、純一を見つめてくる。

ウエートレスが去ると、純一は身を乗り出し、一語一語を嚙《か》みしめるように、きょう幸子に会おうと思ったわけを説明しはじめた。

「寺島さん、それに幸子、いや、もう幸子さんと言うべきかな。実は、ぼくもずっと考えてたんですよ。ぼくと彼女って、確かに気は合っていたし、友だちとしては最高に近いものがあったけど、結婚ってことになると、どうなのかなって」

寺島と幸子は一度、顔を見合わせた。その後、ふたたび純一の言葉に耳を傾ける。

「学生時代に友だち感覚で付き合うようになって、はっきり言えば、セックス付きの友だちって感じだったんですよね、ぼくたちって」

「あっ、それ、言えてる」

幸子が目を丸くして言った。

「でしょう? それに、ぼくはいままで彼女の民俗学の研究に関しては、まったく話し相手になってあげられなかった。これはかなりつらかったんですよ。研究が彼女にとって一番大切なものだってことは、ぼくにもわかりましたからね」

そこで言葉を切り、純一は冷たくなりかけたコーヒーをすすった。目の前の二人は、ただ黙って純一が喋《しゃべ》りだすのを待っている。

「仕事でも趣味でも、自分がすごく大事にしていることを話せないなんて、人生のパートナーとしては失格のような気がするんです。だから、そろそろ彼女とは恋人関係は解消して、難しいかもしれないけど、昔みたいに友だちに戻ったほうがいいんじゃないかって、そう思ったんです」

寺島は真剣な顔で、大きくうなずいた。彼が同意を求めるように幸子のほうに目をやると、まっすぐに純一を見据《みす》えて、幸子が言う。

「純一、ううん、純一さん。あなた、そこまで考えてくれてたの？」

「いや、そんな偉そうなものじゃないんだ。率直に言って、最初はきみを恨《うら》んだよ。どうしてもっと男の気持ちをわかってくれないのかってね。でも、単純に自分を基準に男ってものを決めるわけにはいかないってことが、だんだんわかってきたのさ」

幸子がゆっくりとうなずいている。彼女のこんなにやさしい目を見るのは、純一には久しぶりのことだった。純一は寺島に視線を向け、さらに話を続ける。

「男と女には、本質的に相性ってやつがあると思うんです。特に結婚となると、これからずっと一緒に暮らすわけでしょう？　湧《わ》きあがってきた一時的な感情だけでくっついたら、結局は冷えた関係になってしまうんじゃないでしょうか。世間で言われている家庭内離婚なんて、考えただけでもぞっとしますよ」

話していて、考えがわりあいにまとまっていることに、純一は自分で驚いていた。これも三田村のおかげだろう。

「それじゃ、自分たちがお付き合いしても、かまわないのでしょうか」

安堵《あんど》した表情で眼鏡の位置を直し、それでもなお慎重に寺島が尋ねてくる。

「もちろんです。あなたなら、ぼくよりずっと彼女を理解してあげられるんじゃないかな」

「純一さん」

幸子の目が、純一にはなんだか潤《うる》んでいるように見えた。その幸子に小声で何かささやいてから、寺島が伝票をつかんで立ちあがる。

「自分はちょっと研究室のほうでやることが残っているものですから、お先に失礼させていただいて」

「あっ、ここはぼくが」

「いやいや、コーヒー代ぐらい、自分に持たせてくださいよ。きょうは来た甲斐《かい》がありました。ほんとうにお会いできてよかったと思います。またぜひどこかで」

「そうですか。それじゃあ、遠慮なくご馳走になります」

深々と頭をさげて、寺島は去っていった。

あらためて、純一は幸子と向かい合う。

「ごめんなさいね、急にこんなことになって」

「いや、それはこっちのせりふさ。でも、きみとなら、また友だちに戻れるよね」

「もちろんよ。ありがとう、純一さん」

そう言って、幸子は右手を差し出してきた。その手をぎゅっと握りしめてから見つめると、幸子はやはり目にいっぱい涙を溜めていた。


喫茶店の前で幸子と別れた純一は、三田村の会社に電話してみた。幸運にも、彼はまだオフィスに残っていた。

「例の問題がすっきりしたんで、また三田村さんと飲みたくなっちゃって」

「ああ、彼女の件か。それはよかったね。俺もそろそろ帰ろうかと思っていたところなんだ。いいタイミングだったよ。あの店でいいかな」

「はい。じゃあ、あそこで待ってます」

電話を切って『ビルズ・バー』に向かう純一の足取りは、自分でもびっくりするほど軽く感じられた。結果がどう出るかは別にしても、これで堂々と由佳にアタックできるのである。

店に着くと、意外にも三田村が先に来ていた。

「ずいぶん早かったですね」

「うん、車のやつがいたんで、乗せてきてもらったんだ。道がすいててね」

純一を制して水割りを作ってくれた三田村が、グラスを差しあげる。

「とりあえず、きみの問題解決に乾杯しようじゃないか」

「はあ、どうもありがとうございます」

かちんとグラスを合わせ、純一は琥珀《こはく》色の液体を口に流し込んだ。冷たさが喉を伝っていく感触が、いつにも増して心地よく感じられた。

「ほんとはどうなることかと思ってたんですけどね、なんと幸子が男の人を連れてきたんです」

「ほう、それはそれは」

純一はきょうの出来事を、包み隠さず三田村に話した。これで三田村も、自分が由佳と付き合うことを認めてくれるに違いない、という思いが、もちろん純一にはある。

「三田村さんの話って、なんだか全部、ほんとになっちゃうんだよなあ」

「なんの話だい?」

「ほら、相性ってやつですよ。もちろん予想にすぎませんけど、ぼくね、きょう会った寺島さんって人なら、幸子と絶対にうまくやっていけると思ったんです」

「うん、確かに相性は大事だ。今回のきみの場合は、別れようと思っていた人だから、ショックもないんだろうけど、好きで好きでたまらない相手でも、どうしても自分とは合わないって場合もあるからな」

「三田村さんにも、そんな経験があるんですか」

「そりゃあ、一度や二度はあるさ。もっとも、俺はいまの女房とは最高のカップルだと思ってるがね」

「あーあ、またのろけられちゃった」

「おっと、いかん、いかん」

三田村は頭をかいた。妻の話になると、彼の表情はほんとうに柔らかくなる。きっとお互いに理解のあるいい夫婦なのだろうと、純一は少しだけうらやましさを感じた。

「相性の話に戻りますけど、セックスもやっぱり相性みたいですね」

「というと？」

「例の恥丘のふくらみのことですよ」

三田村は思い出したようにうなずいた。

「つまりきみは、若い女の子の恥骨はとがっていて、恥丘に当たるときみのほうの下腹部が痛いと思い込んでいたんだよね」

「ええ、そうなんです。でも、由佳ちゃんは二十歳だけど、ばっちりフィットしてましたからね」

「おやおや、今度はきみのおのろけかい？」

「あっ、すみません。でもね、三田村さん、セックスは抜きにしても、ぼく、由佳ちゃんのこと、ほんとに好きになっちゃいそうで」

「どうもそうらしいな」

「だから、そろそろ、あの、彼女と三田村さんの関係を」

「うん、もう話しておいたほうがよさそうだな。ところで、きみ、あしたはお休みだろう？」

あすは土曜日だ。悩みもすっかり消えた純一は、久しぶりにすっきりした気分で週末をすごせそうな気がしていた。

「ええ、連休です」

「それじゃあ、どうだい？　もう少し飲んだら、うちへ来ないか」

「三田村さんのお宅へ、ですか」

「うん。由佳ちゃんの話もあるけど、うちの女房にも会わせておきたいし」

「ぼくはかまいませんけど、ご迷惑じゃないんでしょうか」

「うちには子供がいないんでね、来客はいつでも大歓迎なんだ。きみが泊まれる部屋くらいはある」

「じゃあ、お邪魔しちゃおうかな」

「うん、そうしなよ。先にちょっと女房に電話してくるから」

三田村が席を立つと、純一は、いつか電話で聞いた彼の妻の声を思い出した。どこかで聞いたことのあるような、懐《なつ》かしい気持ちがしたのを覚えている。

おそらく面識はないはずだが、それも会ってみればわかることだった。由佳のことといい、今夜は純一の疑問が、いっぺんに解決しそうな気がした。

2

三田村の家は、中央線の吉祥寺《きちじょうじ》の駅からタクシーで十分ほどのところにあった。閑静な住宅街で、高級そうな一戸建てが並んでいる。

「へえ、さすがは社長さんですね。こんないい場所に住んでるなんて」

「からかうなよ。実を言うと、親が残してくれた郊外の土地を売って、ここを買ったんだ。俺の力じゃないんだよ。さあ、ここだ」

石段をあがり、三田村は玄関のインターホンを押した。

「はーい、どちら様ですか」

純一が電話で聞いた三田村の妻の声が、スピーカーから鮮明に聞こえてきた。

「ああ、俺だよ」

「あっ、ちょっと待ってください。いま開けます」

間もなく、がちゃっと鍵がはずれる音がして、妻らしい女性が顔を出した。

「いらっしゃい。ようこそ」

彼女の顔を見たとたん、純一はほとんど心臓が口から飛び出してきそうなほど驚き、その場に硬直してしまった。

「あっ、あ、あの」

扉を開けてにっこりほほえみかけてきたのは、いつか電車の中で純一の股間に手をのばしてきた、あの痴女《ちじょ》だったのである。

「ごめん、ごめん、驚かすつもりはなかったんだ。事情はあとで説明するから、とにかく入って」

三田村に背中を押されて、純一はとりあえず玄関に入った。三田村の妻がスリッパを揃えてくれている。

「田代くん、これが女房の亜紀《あき》だ」

「お久しぶりね、田代くん」

「ど、どうも」

一応、頭をさげてはみたものの、純一は混乱してしまい、何がなんだかわからなくなった。声に聞き覚えがあるはずだ。彼女の声なら、ベッドの中でのあえぎ声まで聞いている。

「酔いがいっぺんに醒《さ》めちゃったかな。まあ、あがって、あがって」

三田村にうながされ、純一はスリッパをはいた。考えをまとめられないまま、亜紀の案内で居間に向かう。

しかし、居間では、純一の困惑に追い討ちをかけるような出来事が待っていた。

「いらっしゃい」

「あっ、ゆ、由佳ちゃん」

ソファーから立ちあがり、はにかみを含んだほほえみを見せて純一を迎えてくれたのは、西田由佳以外の何者でもなかった。

立ちつくす純一の肩にそっと手を置いて、亜紀が言う。

「あらためてご紹介するわ。これがあたしの妹の由佳よ」

「妹？　あっ、そ、そういうことだったんですか」

初めて由佳に会ったとき、純一がふっくらとした唇に見覚えがあるように感じたのは、姉である亜紀の唇が連想されたからに違いない。

「田代くん、すまん。このとおり」

大きな声に純一がびっくりして振り返ると、三田村が床に土下座していた。

「そ、そんな、三田村さん、何もそこまで」

「いや、悪いのはすべて俺だ。ほんとのことを言おう、言おうと思ってるうちに、こんなに時間がたってしまった」

「ふふっ、あなたったら、事情も説明しないで謝ったって、田代くんが混乱するばっかりよ」

横から亜紀が声をかけた。

「とにかく二人とも、座ってゆっくりしてちょうだい。ねっ、お酒の用意もできてるんだから。由佳、水割りを作ってあげて」

「はーい」

亜紀の声に応じて、ふたたびソファーに座った由佳が、慣れない手つきで水割りを作りはじめた。

純一はぎこちない動作で、由佳の正面に腰をおろした。由佳はラフなTシャツと、下はジーンズのミニスカートという格好だった。こんなときでも、純一の視線は、ついつい裾《すそ》からはみ出した白いふとももに釘づけになってしまう。

「もうだいぶ飲んでいらしたんでしょう？　おつまみはこのくらいでいいかしら」

テーブルにローストビーフやスティックサラダなどを並べながら、亜紀が言う。

「つまみなんか適当でいいよ。とにかく、まず田代くんに事情を話さないとね」

由佳の隣にどっかと腰をおろした三田村は、ほんとうにすまなそうな顔をしていた。

「そうね。あなたから話してもらったほうがいいわね。でも、一番悪いっていったら、やっぱりあたしかしら」

純一の隣に座った亜紀が、いたずらっぽく笑った。

「ほらほら、そんなこと言ってると、田代さんがますます混乱しちゃうわよ」

由佳の言葉にうなずいて、三田村がゆっくりと話しはじめる。

「そうだな。まあ、驚かせてすまなかったけど、実はこんなわけでね、亜紀が俺の女房、由佳ちゃんは女房の妹なんだ。姉妹っていっても、亜紀と由佳ちゃんはひとまわりも違うんだけどね」

「十一歳よ」

横から亜紀が訂正する。

「うん、そうだったな。しばらく前に二人のご両親が亡くなってね、いまは由佳
ちゃんもこの家で暮らしてるんだ」

純一はなるほどと思った。由佳が電話番号を教えられなかったはずだ。

「俺と亜紀は、性に関してもかなりオープンなんだ。ここ五、六年の話だがね。

だから、俺が痴漢《ちかん》の真似事をやってることも亜紀は知ってるし、二人の性感を高
めるための浮気は、公認ってことになってるんだ」

「そうだったんですか。それで、奥さんはぼくと」

「最初からホテルへ行こうなんて思ってたわけじゃないのよ。でも、電車の中
で、あなたのタッチがとってもじょうずだったから」

「そ、そんな」

亜紀にセクシーな声で言われ、純一は照れてしまった。夫が目の前にいるとい
うのに、亜紀にはまったく臆《おく》するところがない。

「まあ、そんなわけで、女房はきみをホテルに誘ったわけだ。亜紀が思ったとおり、きみはなかなかのテクニシャンだったそうだね。その話を聞いて、俺もその晩は嫉妬《しっと》に燃えて、頑張らせてもらったよ」

「もう、祐介さんったら、そんな話ばっかり」

由佳が三田村を睨《にら》みつけた。同じ屋根の下に暮らしている由佳に対しても、三田村夫妻は相当に開放的らしい。

「だけどね、田代くん。俺たちは、これでも充分に愛し合ってる夫婦のつもりだ。だから、女房ときみがベッドインしたのだって、世間で言うところの不倫とは違う。あくまで、俺たちのセックスを高揚《こうよう》させるためのものなんだ」

「なんとなくわかります。三田村さんが痴漢をするのと一緒なんですね」

「うん、そうそう。それでも、女房にちょっかいを出されたきみにしてみれば、また会えるんじゃないかって期待するだろう？」

「ええ、まあ」

純一は、例の痴女、つまり亜紀に会いたくて、アパートを朝早く出ていたころのことを思い出した。

「だから、俺たちは心配になったんだ。きみに痴漢癖がついて、どこかで問題でも起こすんじゃないかってね」

「そういうわけなのよ。それでね、この人に頼んで、あなたを見張ってもらったの」

「えっ？　それじゃ三田村さんは、前からぼくの顔を知ってたんですか」

「ああ、知ってたよ。女房がきみの股間に手をのばしたときも、俺はきみのすぐ横にいたんだからね。さわる相手をきみにしろって指示したのも、実は俺なんだ」

「うひゃあ、まいったなあ」

「しばらくきみを見張っていたら、やはりあんな騒ぎになってしまった。で、まあ、俺が身代わりになったというわけだ。責任は感じていたし、一度、ああいうことがあれば、きみももう間違いはしないだろうと思ってね」

あのときのことを思うと、純一はいまでも冷や汗が出てくる。いったんは、会社をクビになることまで覚悟したのである。

「それで終わりのはずだったんだが、きみがなかなかの好青年だったんでね、俺もいろいろと話してみる気になったんだよ」

「そうだったんですか。ちっとも知らなかったなあ」

「ごめんなさいね、ほんとに。あたしたち夫婦のために、あなたにこんな迷惑をかけてしまって」

純一に体をもたせかけるようにして、いちだんと色気に満ちた声で亜紀が言った。

「いえ、と、とんでもないです。いい思いをしたのは、ぼくのほうなんですから。それに、由佳ちゃんとも知り合えたし」

純一がそっと見つめると、由佳はいっぺんに頰《ほお》を赤らめた。

「まあ、だいたいそういった事情なんだ。騙《だま》してたみたいで心苦しいんだけど、勘弁してくれよ」

「そんな、騙しただなんて。こんな嘘なら大歓迎ですよ」

四人は、声をあげて笑った。

それからの会話は、もう長い間の友人同士のようにはずんだ。セックスから政治まで、さまざまな話題が四人の口をついて出た。

見方によっては、純一はすっかり騙されて、ピエロを演じていたことになるのかもしれない。しかし、まったく腹は立たなかった。三田村夫妻の行為には、悪意がなかったからである。

「さてと、俺はひと風呂浴びて寝るとするかな。田代くんも、眠くなったら適当に切りあげてくれよ。寝室は女房が用意してくれるはずだから。本気でこの子たちの相手をしてると、徹夜になっちゃうかもしれないぞ」

おどけた調子で言って、三田村が席を立った。

「もう、あなたったら。あらあら、なんだかよたよたしてるわね。大丈夫？」

三田村の体を支えるようにして、亜紀も立ちあがった。ほほえましい光景だ。

「姉さん、一緒にお風呂に入っちゃえば？」

さりげない調子で由佳が言った。純一はぎくりとしたが、亜紀も三田村もまったく動じた様子は見せなかった。

「そうね、そうしようかしら。行きましょう、あなた。田代くんのお部屋は、由佳が見てあげてちょうだいね」

亜紀の言葉に、由佳はにこにこしながらうなずいている。夫婦が一緒に入浴することなど、この家では珍しくもないのだろう。

「もっと飲む？」

「うん、そ、そうだね。じゃあ、もう一杯だけ」

三田村と亜紀が浴室に消え、由佳と二人きりになると、純一はなんとなく落ち着かない気分になった。すでに肉体関係があるとはいえ、目の前にいる由佳の一《いっ》挙手一投足《きょしゅいっとうそく》に、ときめきのようなものを感じる。

「変わってるでしょう、姉さんたちって」

　水割りグラスを純一のほうへ押しやり、由佳がしっとりとした声で言った。

「うん、確かに変わってはいるよね。でも、やっぱりうらやましいな」

「もしかして田代さん、姉さんのことが好きなんじゃない？」

　ちょっとすねた表情で、由佳が純一を見た。

「そ、そんなんじゃないよ。そうじゃなくて、あんなに自分たちの気持ちをお互いにさらして生きてる夫婦なんて、めったにいないだろう？」

「まあ、そうよね。その点では、あたしも姉さんがうらやましいわ」

「きみはいつからこの家にいるの？」

「高校二年のときからだから、もう丸三年ね」

「そうか。最初はアツアツの二人に当てられちゃって、困ったんじゃないの？」

「そのとおり。大学受験が近づいてるっていうのに、隣の部屋で愛し合ってる声がまともに聞こえてくるんだもの、びっくりしちゃったわ」

「愛し合ってる声って、つ、つまり」

「そうよ、例の声。そのころのあたし、まだバージンだったし、ほんとに驚いたわ」

「へえ、そりゃあすごいね」

三田村たちのオープンぶりに、さすがに純一もびっくりした。

「なんだかわざと聞かせてるみたいだから、あたし、言ってやったのよ。受験勉強してるんだから、少しは遠慮してちょうだいって」

純一はうなずいて、由佳に先をうながす。

「そしたら姉さん、なんて言ったと思う？　あら、あなたもずっとこの家で暮らすんなら、こんなの当たり前だと思ってくれないと困るわって、そう言うのよ」

「三田村さんだけじゃなくて、きみのお姉さんも、相当にさばけた人なんだね」

「そうなのよ。でも、考えてみたら、確かに姉さんの言うとおりなのよね。お互いに気をつかってたら、一緒に暮らしてなんかいけないもの」

純一も大いに納得した。しかし、三田村が痴漢を趣味にしていることや、妻の亜紀が電車の中で痴女的な行為に及んでいることまで、彼らは由佳に堂々と話していたのだろうか。純一はそれを尋ねてみた。

「その話を聞いたのは、あたしが女子大に入ってからだったわ。そのころね、あたしが電車の中で痴漢に遭っちゃったのよ」

「あっ、相手のほっぺたを、びしっと殴ったっていうやつ？」

「あら、ひどい。祐介さんったら、そんなことまであなたに話してるの？」

わずかに頬を紅潮させて、由佳が口をとがらせた。その表情が、純一の目には、またなんともかわいらしく映る。

「まあ、ほんとのことだから仕方ないか。それでね、そのことを姉さんたちに話したのよ。そしたらね、二人が急に真剣な顔をして、痴漢の話をしはじめたの」

「ふうん、きみも驚いたろうね」

「ええ、そりゃあ。でも、あの話をしてくれたときの祐介さんって、なんだかすごくカッコよかったな」

由佳が胸の前で手を合わせて、夢見るような顔つきになった。一瞬のうちに、純一の胸にジェラシーが燃えあがる。

「祐介さんったらね、痴漢はもちろん許せないけど、男にも女にも、セックスには刺激が必要だっていう話を、延々とあたしに聞かせてくれたの。こんな話をしてくれるっていうことは、ああ、あたしを大人だと認めてくれたんだなって、ちょっと感激したわ」

「へえ、なるほどね」

純一はほとんど相づちを打つ側にまわっているが、もちろん退屈はしていない。言葉の抑揚《よくよう》ごとに、目の前に座っている由佳の体が微妙に動き、そのたびにスカートの奥が、ふとももの かなり上のほうまでのぞけてしまうからだ。

ボリュームをたたえた素足の白いふとももの奥には、ちらりとだが、ピンクのパンティーがのぞいたりもする。

話が進むにつれて、純一の股間ではペニスがすっかり硬くなり、ズボンの生地を突きあげてきた。両手を前で組み合わせて、なんとか由佳に気づかれないように、ごまかしているという状態なのだ。

「あなたにこんなこと言うのは恥《は》ずかしいんだけど、あたしって、好奇心は昔から強いほうだったの。だからね、女子大に入って半年くらいで、合コンの帰りに誘ってくれた男の子にあげちゃったんだ、バージン」

「あ、ああ、そうなのか」

つい先日、純一が抱いたとき、確かに由佳はバージンではなかった。あっさり処女に別れを告げたことを聞かされても、純一は腹も立たなかった。重要なのは、やはりいまなのだ。過去については、笑って済ませることもできる。

「こんな女、軽蔑《けいべつ》する？」

「そ、そんなことないさ。好奇心が強いって点なら、ぼくだって同じだよ。ぼくなんか、初体験は高校のときだったんだからね」

「あなたは男だから、それで普通でしょうけど、女の子の場合は、やっぱりもっと大事にすべきだって思ってるんじゃないの？」

　まるで純一の気持ちを確かめるように、由佳が畳みかけてきた。

「いや、それはちょっと違うよ。生意気を言うようだけど、性的な好奇心は男でも女でも一緒なんじゃないかな。きみが好奇心からセックスをしたって聞いても、ぼくはなんとも思わないよ」

　自信を持って、純一は言い放った。しかしこれも、三田村と出会う前では決して言えなかったせりふかもしれなかった。実際のところ、由佳が処女でなかったことなど、純一はまったく気にもかけていない。

「うふっ、あたし、なんだかうれしい」

　ほんとうにうれしそうにほほえんで、由佳が脚を組んだ。スカートの裾がずりあがり、いっそう大胆にふとももが露出してくる。

「祐介さんから痴漢の話をしてもらったときね、ちょうどバージンが重荷になってたころだったの。だからあたしも、あんまり抵抗なく聞けたんだと思うわ」

「そうかもしれないね」

「それで思い返してみたら、確かに電車の中の出来事は不愉快だったけど、同時に不思議なスリルも味わってたような気がしたの。そのことをおそるおそる姉さんたちに話したらね、それで普通なんじゃないかって、簡単に言うのよ」

「そのとき、三田村さんたちは、自分たちが痴漢の真似事で性感を高めてるって話もしてくれたんだね」

「そうなの。最初はびっくりしたけど、さっき話したスリルのこと考えたら、あたしもなるほどなって思えたのよ」

「でも、きみはそれからも痴漢には遭ったんだろう？」

「ええ、遭ったわ、毎日のように。実際に遭ってみると、やっぱり気持ち悪かったわ。もう頰を叩いたりはしなかったけど、やめてくださいって、はっきり言ったこともあるし」

「ふうん、それが一年とちょっと前くらいなのかな」

「そうね、そのくらいになるわ。それであたし、姉さんに頼んでみたの。祐介さんを貸してくれって」

「えっ？　つ、つまり、三田村さんにさわってもらおうと思ったの？」

純一は仰天《ぎょうてん》した。実の姉の夫に痴漢をやってもらおうなんて、どう考えても普通ではない。もっとも、知らなかったとはいえ、この姉妹の両方を抱いてしまった純一は、もっとアブノーマルということになるのかもしれない。

「ふふっ、あたしはいい考えだと思ったのよね。姉さんもね、祐介さんさえいいって言えば、かまわないって言ってくれたの」

「そ、それで？　してもらったのかい？」

ついつい身を乗り出して、純一は尋ねた。

「ううん、それが、祐介さんがどうしても駄目だって言うのよ」

「へえ、それは残念だったね」

口ではそう言いつつ、実際の純一は、ほっと胸を撫でおろしていた。

「祐介さんったら、そのうちなんとか相手を見つけてあげるからって言ってたのに、なかなか約束を守ってくれなくて」

「結局、その相手がぼくになったってわけか」

「うふっ、そういうこと。ずいぶん時間がかかったけど、でも、相手があなたでほんとによかった」

そう言って、由佳はまたしっとりとした目で純一を見つめてきた。まともすぎる視線に、純一はどぎまぎしてしまう。

「そ、そんな、よせよ。照れるじゃないか」

「あらっ、田代さんったら、赤くなってる。ふふっ、かわいい」

「馬鹿言うなよ、かわいいだなんて」

純一は、もうしどろもどろだ。

「でもね、田代さん。あたし、あなたのこと、本気で好きになっちゃいそうなの」

「由佳ちゃん」

純一は一瞬、自分の耳を疑った。それはまさに、純一が由佳に告白しようとしていたことなのである。幸子の一件といい、最近は、知らず知らずのうちに、純一の思いどおりの展開になってきている。

しばらく言葉を失っていると、浴室から三田村が出てきた。ブルーのバスローブを羽織《はお》っている。

「どうだい、話ははずんでるかい？」

「ええ、おかげ様で。もう祐介さんに感謝、感謝って話をしてたのよ」

由佳が明るく応じた。純一はまだ直前の由佳の言葉に感激したままで、ただうなずくばかりだ。

「俺は先に寝るけど、田代くんは、あしたもゆっくりでいいんだろう？」

「え、ええ、まあ」

「うーんと寝坊して、夜までいてくれよ。あしたの晩も、また飲めるといいな」

「いやあ、そんなこと」

「そうしてよ。姉さんもきっと喜ぶわ」

由佳がそう言ったとき、ちょうど脱衣場から亜紀が出てきた。純一はハッと息をのんだ。亜紀が身にまとった淡いピンクのネグリジェからは、下につけているレースのパンティーまでもが、はっきりと透けて見えていたのである。

「もう、姉さんったら、そんな格好で出てきたりして。田代さんを誘惑するつもりなんでしょう」

由佳が口をとがらせて抗議する。

「あら、ごめんなさい、気がつかなくて。でも安心して。あなたの邪魔はしないわ」

意味ありげに言って、亜紀は由佳にウインクした。純一は、喉がからからに渇いてくるのを感じた。あわててテーブルの上に残っていた水割りを流し込む。

「じゃあ、またあした。おやすみ」

そう言って、三田村は二階への階段をのぼりはじめた。亜紀もあわててあとを追おうとしたが、思い出したように純一のほうを振り返る。

「ねえ、田代くん。気にしないで、由佳と一緒に寝ていいのよ」

「は？　いえ、そんな」

「ふふっ、ほんとにいいのよ。由佳だって、そのつもりなんでしょうから」

言われて純一が目を向けると、由佳は頬を赤らめながらこっくりとうなずいた。

「でも由佳、きちんと避妊はするのよ。田代くんも、お願いね」

「は、はい」

妖《あや》しいほほえみを残して亜紀が立ち去ると、完全に純一と由佳だけが居間に残された。しかも、亜紀からは、一緒に寝ていいという許可まで出ている。

「ねえ、田代さん。あたしたちも、二人でお風呂に入らない？」

「えっ？　う、うん、ぼくはいいけど」

「じゃあ、そうしましょうよ。ねっ」

言いながら由佳は立ちあがり、純一の手を引いて、浴室へと歩きだした。

3

すぐに全裸となった純一と由佳は、浴室で立ったまま唇を合わせた。充分に時間をかけて舌をからめ合い、純一の手が由佳の体をまさぐる。

由佳の乳房は、すばらしい弾力に満ちていた。その感触が脳天を突き抜けるようで、純一のペニスにはさらに血液が送り込まれた。隆々《りゅうりゅう》とそそり立った肉棒が、由佳の下腹部に押し当てられる。

「わあ、すごいのね。もうこんなに硬くなってる」

硬直を手で探り当てると、由佳は迷わずその場にしゃがみ込んだ。とまどっている純一を、下から潤んだ目で見つめてくる。

「あたし、したことないから、うまくいかないかもしれないけど、お口でやってみてもいい？」

由佳の声はかすれ気味だった。

「あ、ああ、もちろん。感激だよ、きみがくわえてくれるなんて」

純一の言葉に安心したのか、由佳はにっこり笑った。肉棒の根元に手を添え、一つ深呼吸してから先端を自分のほうに向け、大きく口を開けて硬直をくわえ込む。

「ううっ、ああ、由佳ちゃん」

由佳の朱唇《しゅしん》がペニスを覆《おお》った瞬間、純一は、これ以上はないというほどの幸福感に包まれていた。フェラチオはもともと好きな行為だが、愛する女性にしてもらうのは、また格別の味がある。

慣れないせいか、ときおり歯が当たったりもしたが、純一はたっぷり興奮させられてしまった。もういつ爆発してもおかしくない。

実際、由佳の口の中に欲望のエキスを噴射してみたいという願望はあった。しかし、何もいま急いでする必要はない。それよりも、今夜こそ自分が達する前に由佳をオーガズムに導いてやりたい、と純一は思った。

ぎこちない動作で前後に首を振っている由佳の頬を両手で挟み、純一は肉棒を引き抜いた。由佳の体を、そのまま引っ張りあげる。

由佳はきょとんとした。口のまわりにあふれた唾液《だえき》を手で拭い、おずおずと尋ねてくる。

「やっぱり気持ちよくなかったのね。あたし、へただから」

「いや、そうじゃないんだ。とっても気持ちよかったよ。でもね、このあいだはぼくが一方的にいっちゃっただろう？　だから、今夜はきみによくなってほしいんだ」

もう一度、短くキスしてから、純一は由佳を浴槽の縁《へり》に座らせた。脚を思いきり開かせ、自分はその間に座り込む。

「ああん、恥ずかしいわ、こんな格好」

「とってもきれいだよ、由佳ちゃん」

純一は由佳の股間に、しばし見とれてしまった。こぢんまりと刈り込まれたヘアに守られて、そこには透けてしまいそうな淡《あわ》いピンク色をした秘唇が、少しだけしみ出てきた蜜液に濡《ぬ》れて、つやつやと輝いていたのである。

できる限り背中を丸め、両手でふとももを下から支えるようにさわりながら、純一はとがらせた舌先を由佳の秘唇に這《は》わせた。

「うっ、ああっ、ううん」

ぴくぴくっと小さく全身を震わせて、由佳がうめき声をもらした。無意識のうちの行為なのか、空いた両手で、由佳は純一の髪の毛をかきむしる。

純一は、淫裂《いんれつ》の中央を下から上へ舐《な》めあげ、それを何度か繰り返してから、クリトリスの上で舌を止めた。軽くつついてみると、由佳は狂ったように身もだえる。

「ああっ、駄目。駄目よ、そんなこと。でも、す、すごいわ。ああっ」

由佳の声を聞いていると、純一もたまらない気分になってきた。しかし、今夜はどんなことがあっても、由佳を先にクライマックスに導いてやりたいと思った。

舌で肉芽《にくが》を攻撃する一方で、純一は左手の中指をクレバスに這わせた。指の腹でやんわりと秘唇を上下になぞってから、そろりそろりと淫裂を割る。

「ううん、ううっ、ああ」

由佳の体には、絶えず小さな震えが走っていた。徐々に絶頂のときが近づいているのかもしれない。

純一は思いきって、中指を肉路の奥までもぐり込ませた。とたんに、指の周囲に柔肉がまつわりついてくる。

「ああっ、中に、ううっ、あたしの中に、入れたのね」

由佳の声はかすれてしまって、純一にはほとんど聞き取れなかった。今度は中指に人差し指を加えた二本を肉洞《にくどう》に侵入させ、舌先にいよいよ力をこめる。

しばらく左右にぶるぶると舌を震わせて愛撫《あいぶ》し、由佳の体が痙攣《けいれん》をはじめると、少しスピードをゆるめて、小さな円を描くように肉芽をなぶる。

半分は包皮に覆われた由佳のクリトリスも、すでにこりこりと硬さを増してきていた。純一は舌先に、燃えるような熱さを感じる。

純一の右手は、相変わらず由佳のふとももにあてがわれたままだった。そのすばらしい手ざわりに、できることなら、ずっとこうしてさわっていたいという気分になる。

「ああっ、すごいわ。ねえ、ううっ、な、なんなのかしら」

由佳が身をくねらせはじめた。もう絶頂がそこまで来ているに違いない。

いいんだよ、由佳ちゃん。思いっきり、いっていいんだよ。

心の中で叫びつつ、純一は動きを速めた。圧迫するように、強く舌を押しつけて肉芽を舐めまわしながら、同じリズムで指を肉洞に出し入れする。

「あっ、駄目。いや、いやよ。ああ、なんなの？　ああっ、ねえ、田代さん、駄目だったら。ああっ」

浴槽の縁に腰かけているのが困難になるほど、がくがくと大きく全身を痙攣させ、由佳はオーガズムを迎えた。そのまま純一の上に体を落下させ、座っている彼にまたがるような体勢で抱きついてきた。荒い息が純一の耳に吹きかけられる。

純一も両手を彼女の背中にまわし、力いっぱい抱きしめた。由佳の心臓の鼓動が、まるで自分の体内から響いてくるような気がした。

硬くそそり立って下腹部に貼りついたペニスは、ちょうど由佳と純一の間に挟み込まれている。

「ごめんなさい。あたしったら、夢中になっちゃって」

やっと楽に呼吸ができるようになったらしく、由佳がささやいてきた。

「いいんだよ。気持ちよかったかい?」

「よかったなんてもんじゃないわ。このまま死ぬかと思ったくらい」

間近で見つめると、由佳はまだ頬を紅潮させていた。目も潤んだままで、なんとなく焦点が定まらない。

「さあ、それじゃ洗おうか」

「えっ? でも、あなたは?」

きょとんとした目で、由佳が純一を見つめてくる。

「あとはきみのベッドで。ねっ」

満面に笑みをたたえてうなずき、由佳は立ちあがった。

浴室から出ると、純一はブリーフもはかずに、亜紀が用意してくれたらしい茶色のバスローブを羽織った。由佳のほうは、レースのたっぷりついた白いパンティーの上に、薄手のコットンでできたナイティーをまとう。

二人が体をもつれ合わせるようにして階段をのぼっていくと、奥の部屋から妖しい声がもれ聞こえてきた。

「あれ、もしかして」

「ふふっ、姉さんの声だわ。あの二人も、今夜はきっと興奮しちゃったのね。それとも、あたしたちを刺激しようとして頑張ってるのかしら」

「ぼくたちを、刺激？」

純一が驚いて由佳を見つめると、一度はおさまりかけていた彼女の頬が、また新たに紅潮しはじめていた。

「ねえ、ちょっとだけ、姉さんたちのこと、のぞきに行きましょうよ」

「そ、そんな、まずいよ」

「大丈夫よ。あたしはね、もう何度ものぞいたことがあるんだから」

「ほんとに？」

うなずいた由佳は、純一の手を引いて歩きだした。廊下の電気は消えたままだ。

一番奥の部屋の前まで来ると、亜紀のものと思われる声が、ドア越しでもはっきりと聞き取れた。抑えた感じはほとんどなく、快感をストレートに表現している。

由佳は迷わず、ドアノブに手をかけた。あわてて純一が止めようとするのを目で制し、十センチほどの隙間を作る。

胸の高鳴りを抑えられないまま、由佳と顔を寄せ合うようにして、純一は部屋の中に目をやった。

うわっ、すごい。

ナイトテーブルからの柔らかな照明の中に浮かびあがったのは、あお向けに寝た三田村の上にまたがり、豊かな乳房を震わせながら快感にのけぞる、亜紀の美しい裸身だった。

三田村の両手は、しっかりと亜紀の腰にあてがわれていた。まるで彼自身の力で、またがった亜紀の体を上下させているかのように見える。

ふと気づくと、由佳の手が純一の着ているバスローブの合わせ目を割り、そそり立った硬直を握りしめていた。

「ゆ、由佳ちゃん」

「しーっ。駄目よ、声を出しちゃ」

うなずいた純一は生唾《なまつば》を飲み込み、ナイティー越しに左手で由佳の乳房を揉んだ。右手では裾をまくりあげて、背後からふとももに触れる。

「ああっ、あなた。今夜は後ろからして」

部屋の中で、亜紀が叫んだ。

「ようし、じゃあ、ここに四つん這いになるんだ」

すぐに、今度は三田村の低い声が聞こえてきた。

亜紀は三田村の体からおりて、ダブルベッドの中央部で、やや脚を開いて四つん這いの体勢をとった。

三田村は膝《ひざ》立ちになって、亜紀の背後にまわった。ペニスの根元に手を添えて、淫裂を探っている。

「さあ、行くぞ、亜紀」

「いいわ。入ってきて」

三田村がぐいっと腰を密着させると、ぐちゅっというくぐもった音とともに、亜紀が低くうめいた。二人はしっかりつながったらしい。

三田村の両手が、前にまわされた。荒々しく亜紀の乳房をつかむ。

「ああっ、あなた。いいわ、すっごくいい」

ゆっくりした動作で三田村が腰を振りはじめると、純一はいっぺんにたまらない気持ちになった。

「由佳ちゃん、そろそろきみの部屋へ」

「待って。ちょっとこのままここにいて」

純一の言葉をさえぎって言うと、由佳は足音を忍ばせて隣の自分の部屋に消えた。バスローブの合わせ目から、屹立《きつりつ》したペニスの先端を露出させたまま、純一は廊下に取り残される。

三田村の体が規則的に揺れるのを眺めながら待っていると、由佳はすぐに戻ってきた。

「田代さん、これ」

そう言って差し出してきたのは、まぎれもなくスキンの箱だった。

「由佳ちゃん、まさかここで」

「あたし、やってみたいの。お願い」

由佳のかすれ声を聞きながら、純一はスキンの箱を開けた。未使用らしく、六個の袋がつながったままになっている。

袋の一つを切り取り、中身を取り出した。純一が自分の硬直にスキンをかぶせている間に、由佳はナイティーの下に手を入れて、するするとパンティーをおろしてしまった。あっという間に足首から抜き取る。

目では部屋の中の様子をうかがいつつ、純一はドアのすぐ横の壁に由佳の体を押しつけ、背後からナイティーをまくりあげた。

「ああっ、田代さん」

振り向いた由佳の唇を吸い、右手をお尻のほうから差し込んで、秘部の濡れ具合を確かめた。もう充分に潤っていて、内ももにまで蜜液があふれてきている。

純一は、バスローブの合わせ目から顔を出したペニスに手を添え、脚を開き、少しだけ膝を折った。張りつめた亀頭《きとう》の先端を、由佳のお尻に押しつけていく。

「こ、こんな格好で、できるの？」

不安そうに、押し殺した声で、由佳が尋ねてきた。

「大丈夫だよ。こっちにお尻を突き出してごらん」

壁に両手をついて、由佳が上体をわずかに折り曲げてお尻を突き出すと、純一は後ろから、一気に由佳の淫裂を貫《つらぬ》いた。

「ああっ、す、すごい」

どう考えても、部屋の中の二人に聞こえないはずはないという声で、由佳が叫んだ。しかし、三田村と亜紀は、こちらを振り向こうともしない。

気づかないふりをしてくれてるんだな。それなら、遠慮する必要もないわけだ。

純一は開き直った。三田村が亜紀の体にペニスを突き入れるのと同じリズムで、由佳に向かって体を打ちつけていく。

「ああっ、あなた、すてきよ。ねえ、あたし、もうたまらないわ」

部屋の中で亜紀が叫んでいる。三田村もペースをあげた。それに合わせて、純一も動きを速めていく。

必死で抑えてはいるようだが、由佳の口からも、ひっきりなしにうめき声がもれてきた。二人の女のあえぎ声を聞いていると、純一は、亜紀と由佳の二人を同時に抱いているような気分になる。

純一にも、次第に頂点が近づいてきた。ぐつぐつと煮えたぎった欲望のエキスが、出口近くまで押し寄せてきているのを実感する。

「おおっ、亜紀、いきそうだ」

「いいわよ、あなた。出して」

「うっ、ああ、出る。ああっ、亜紀」

室内の二人が、とうとうクライマックスの到来を告げた。純一も、思いきり引き金を絞る。

「愛してるよ、由佳ちゃん。ああっ、由佳ちゃん」

「あたしも、あたしも好きよ、田代さん」

部屋の中で、三田村の腰が射精の痙攣をはじめたとき、純一のペニスの先端からも、猛烈な勢いで精液が噴出した。ただし、その噴射は、ゴムの壁に完璧に行く手をさえぎられていた。

翌朝、純一はなんとも幸せな気分で眠りから覚めた。そっと目を開けると、すぐ横に由佳のこぼれるような笑顔があった。

「おはよう。よく眠れた？」

「ああ、ぐっすりさ。最高の朝って感じだな」

「あら、もう朝とは言えないわよ。十一時をすぎてるんだから」

「えっ？　ああ、そうか。寝たのは四時すぎだったもんな」

過激な夜だった。三田村夫妻が交わるのを、ドアの隙間からのぞきながら由佳を抱いたのを皮切りに、そのあと彼女の部屋に入ってから、なんとさらに四度も、純一は由佳の体に欲望をぶつけたのである。

もちろんゆうべは自分と同じ回数だけ、いや、それ以上に、由佳をオーガズムに導いたという自信が、純一にはある。

「ねえ、田代さん。聞いてもいい？」

「なんだい？」

「あのね」

何か言おうとして、なぜか由佳は口ごもった。

「どうしたの。何か言いにくいことかい？」

「うん。ちょっと怖いの」

「大丈夫だよ、由佳ちゃん。気にしないで言ってごらん」

由佳の首の下に手を差し入れ、彼女の顔を間近に引き寄せながら、純一はささやいた。自分でも信じられないほど、やさしい声音《こわね》になっている。

「それじゃ言うけど、あたしの体って、つ、つまらなくなかった？」

一瞬、じっと由佳の顔を見つめたあと、純一は大きく顔をほころばせた。

「なんだ、そんなことだったのか」

「そんなことって言い方はないでしょう？　これでもけっこう気にしてるのよ」

少しだけすねた口調になって、由佳が言う。

「馬鹿だなあ。つまらないどころか、最高だったよ、きみの体」

「ほんとに？　でも、やっぱり姉さんのほうが」

「それを気にしてたのか。きみの姉さんとは、一回限りのことじゃないか。すてきな人だとは思うけど、ぼくはもうきみを愛してるんだからね」

「田代さん。あたし、うれしい」

抱きついてきた由佳を、純一はそのまま組み伏せた。膝頭が弾力に満ちた柔らかなふとももに触れると、また急激に欲望が湧きあがってきた。

「下へおりていく前に、もう一度、きみを抱きたくなったよ」

「うれしいわ。抱いて」

これで、ゆうべ開封したスキンは、完全に使いきることになりそうだった。

第六章　究極の痴漢ごっこ

1

地下鉄の車内で、股間《こかん》に手をのばしてきた痴女《ちじょ》が三田村の妻の亜紀で、西田由佳がその妹だったことがわかると、純一は三田村との距離がいっそう近くなったような気がした。

由佳とのセックス三昧《ざんまい》の夜以来、毎週金曜日になると、純一は会社帰りに三田村と会って酒を飲み、そのあと彼の家に泊まりに行くのが習慣になった。

「お帰りなさい」

由佳と亜紀が、声を揃えて迎えてくれる。三田村の家は居心地がよく、なんだか純一も、一週間ぶりにわが家に帰ってきた単身赴任の夫のような気分になる。

実際、由佳と純一は、結婚を意識しはじめていた。

「あたし、姉さんたちみたいな夫婦になりたいな」

「そうなれれば最高だね。ただ、三田村さんたちだって、最初からあんなになんでも話し合えるカップルじゃなかったらしいよ」

「それはあたしも聞いたわ。でも、祐介さんや姉さんには、お手本になるような夫婦がいたわけじゃないでしょう？」

「お手本？」

「そうよ。いいお手本が近くにいるあたしたちが、もし結婚したら、最初からすてきな夫婦になれるわよ、きっと」

「うん、かもしれないね」

二人きりになると、純一と由佳はよくこんな話をしていた。

それに、毎週火曜日の夕方には、二人の秘めやかなプレイが続いていた。学校を終えた由佳が京橋駅までやってきて、新宿駅までの地下鉄車内で、たっぷりと痴漢ごっこを楽しむのである。

ほとんど毎週のように三田村に会い、週末は彼の家ですごしながら、純一にはあっという間に一年の月日が流れてしまった。

純一は二十四、由佳は二十一になった。まるで初めての恋のように、純一は由佳に夢中だったし、お互いの肉体を隅々まで知りつくしてのセックスは、以前にも増してすばらしいものになっていた。

だが、幸せいっぱいの純一にも、由佳以外に一人だけ、気になる女性がいた。

ある晩、そのたった一人の女性から、純一の部屋に電話がかかってきた。

「もしもし、田代くん？」

「あれっ、亜紀さんですか」

「そうよ。ふふっ、元気にしてる？」

「ええ、まあ」

由佳が大学のゼミ合宿で十日間ほど留守のため、先週末は純一も三田村家へは行っていなかった。

「あなたの顔が見られないと、あたし、なんだか寂しくて」

「亜紀さん、そんなこと」

しっとりと色気をたたえた亜紀の声に、純一はとまどいを隠せなかった。

由佳と付き合うようになってからも、亜紀にだけはずっとあこがれを抱き続けている。もう二度と関係を持てるとは思っていないが、こんな声を聞かされると、つい下半身をうずかせてしまう。

「ねえ、あしたの晩、何か予定が入ってる？」

あすは火曜日だ。普段なら由佳と痴漢ごっこを楽しむ日だが、今週はお休みなので、純一のスケジュールは空白になっている。

「いえ、いまのところ暇です」

「そう。じゃあ、会社の帰りにあたしとお茶でも飲まない？　お酒でもいいけど」

「はあ。あの、三田村さんは？」

「きのうから香港《ホンコン》なの。言ってたでしょう？」

「ああ、そういえば」

三田村は、小さな貿易会社を経営している。十人ほど社員もいるし、普通の出張はこのうちのだれかを行かせるのだが、重要な契約がからむ場合などは、自分で出かけていくのだという。

今回は、日本では当たり前になっているカプセルホテルを、現地に作る話で交渉に行くのだと、三田村は純一に話してくれた。

「由佳もいないし、久しぶりに二人でゆっくり話でもしましょうよ」

妙に甘ったるい調子で、亜紀が誘ってきた。久しぶりどころか、亜紀が三田村の妻であるとわかってからは、まだ二人だけで会ったことなど一度もない。

もちろん、純一のほうに断る理由はなかった。由佳がいなくて、彼も寂しい思いをしていたところなのである。

「ねえ、いいでしょう？」

「は、はい、大丈夫です」

「よかった。会社、何時に終わるの？」

「たぶん定時に、えーっと、六時には終わると思います」

「六時か。その前にお買い物もしたいし、新宿でもいいかしら」

「ええ、ぼくはかまいません」

「そうだ、それじゃ、あのお店にしない？　ほら、いつも主人と会ってるっていう」

「ああ、『ビルズ・バー』ですね」

「そうそう。あたしもね、以前は主人に連れていってもらったことがあるのよ。七時ころには来られる？」

「はい、七時なら絶対です」

「そう、じゃあ、待ってるわね。忘れちゃいやよ」

「忘れるもんですか」

亜紀の甘えた口調に最後まで圧倒されつつ、純一は電話を切った。

受話器の上に手を置いたまま、純一は大きく息をついた。亜紀の顔を思い浮かべる。

由佳と付き合うようになってから、亜紀は純一を実の弟のように扱ってくれていた。由佳に洋服を買ってやるときなど、一緒に純一にも何かを買ってくれたりするし、洗濯物があったら週末に持っていらっしゃい、などと言ってくれることもある。

純一にしても、亜紀のような姉がいたらどんなにいいだろう、と思わずにはいられなかった。一人っ子の純一には、三田村は頼り甲斐《がい》のある兄であり、亜紀はやさしい姉のような存在なのだ。

しかし一方で、女性としての亜紀にも、どうしても惹《ひ》かれてしまう。もう一年以上も前のことにしろ、とにかく純一は亜紀を抱いたのである。

それに、いつも近くに三田村や由佳がいるとはいえ、亜紀は純一の前にも平気でセクシーな姿で現れる。風呂あがりの亜紀の薄いネグリジェ姿などは、由佳の目を盗んで、純一は思わずうっとりと見つめてしまう。

二人きりで飲んだとしても、いまさら何かが起こるとも思えないが、なんとなくわくわくするのは確かだった。

由佳ちゃん、ごめん。

心の中で詫《わ》びながら、純一はその晩、久しぶりに亜紀の肉体を思い描いてオナニーをした。


「ごめんなさいね、遅くなっちゃって」

「いいえ、先に飲んでましたから」

亜紀は、約束の時間に二十分ほど遅刻してやってきた。きょうは、ワインレッドのスーツに身を包んでいる。

ブラウスは黒で、上着の合わせ目から胸の隆起が悩ましくのぞいていた。下着もたぶん黒なのだろう。スカートの丈《たけ》はそれほど短くないが、黒いストッキングに包まれた膝頭《ひざがしら》が見えるだけでも、純一には充分に刺激的だった。

「はい、これ、あなたのセーター」

亜紀はそう言って、持っていた包みの一つを差し出してきた。

「あれ、また買ってくれたんですか。なんか悪いなあ」

「いいのよ。由佳がお世話になってるんだから」

「そんな、世話をしてもらってるのは、むしろぼくのほうですよ」

照れた様子で言って、純一は遠慮がちに包みを受け取った。

亜紀のために水割りを作りながら、あらためて見つめると、彼女はほんとうに由佳によく似ていた。全体的に由佳よりは小柄だが、切れ長の目や、ふっくらとした肉厚の朱唇《しゅしん》は、ほとんどそっくりだと言ってもいい。

それに、何より二人ともすばらしいプロポーションをしていた。小柄なぶんだけ胸の隆起は小さいが、腰のくびれがダイナミックなせいか、亜紀のほうがグラマーという感じがする。

「はい、亜紀さん、水割り」

「ありがとう。じゃあ、再会に乾杯、かな」

「再会だなんて」

亜紀の意味ありげな言葉にとまどいを覚えつつ、とにかく純一もグラスを差しあげた。かちんと合わせる。

「よかったわ、あなたに会えて」

亜紀はうっとりとした表情で純一を見た。その目がなんだか潤《うる》んでいるようで、純一はまともに視線を合わせられなかった。

「どうしたんですか、急にそんなこと言って」

「ふふっ、ごめんなさい。なんだか懐《なつ》かしいのよ。あたしたちって、ほんとに不思議な出会い方をしたじゃない？」

「え、ええ、そう言えばそうですね」

二人の最初の出会いは、満員電車の中だった。痴女となった亜紀が、純一の股間に手をのばしてきたのである。

その一回限りで終わっても、まったくおかしくない出会い方だった。それがこうして一年以上も付き合い続け、しかも彼女の妹と純一が恋愛関係にあるというのだから、不思議と言えばまったく不思議である。

「由佳とはうまくいってるの？」

「もちろんです」

毎週のように会っているのだから、亜紀にも二人の様子はわかりそうなものだった。質問の意図が、純一にはよく飲み込めない。

「それならいいんだけど」

そう言って、亜紀はうつむいてしまった。

「亜紀さん、何かあったんですか。変ですよ、きょうの亜紀さん」

「ううん、そんなことないわよ」

首を振って、亜紀はあわてて否定したものの、なんとなくぎこちなさが残った。急に純一を誘ったのには、何かわけがあるに違いない。由佳に関して、言いにくいことでもあるのだろうかと、純一は少しだけ不安になる。

「亜紀さん、ぼく、ほんとに感謝してるんです。三田村さんやあなたがこんなに開放的だったおかげで、由佳ちゃんとも付き合うことができて」

「あら、いきなり感謝なんて言われても」

「いや、ほんとです。会社に入ってしばらくは、言いたいことも言えなくて、ストレスが溜まりっぱなしだったんです。それが、三田村さんにいろいろ聞いてもらって、それから亜紀さんたちとも知り合えて、なんだかすぱっと頭が切り替えられたんですよ。生意気なようですけど、人間はやっぱり本音《ほんね》で生きなけりゃ駄目だって、気づいたんですよね」

「そうね。確かに本音が一番だと思うわ」

そう言いながらも、なぜか今夜の亜紀は歯切れが悪い。

「亜紀さん、だから、ぼくには隠し事はしないでくださいよ」

「隠し事なんて、あたしはべつに」

「嘘をついても駄目です。わかるんですよ。ぼくに何か話したいことがあるんでしょう?　話してみてくださいよ。三田村さんに比べたら頼りないでしょうけど、ぼくだっていずれは弟になるかもしれない男なんだから」

「ふふっ、そうね。あなたが由佳と結婚すれば、あたしは義理のお姉さんになるわけよね」

うなずいて、純一は亜紀を見つめた。由佳がいなかったら、そしてもし三田村がいなかったら、自分は間違いなくこの人に恋をしていただろう、と純一は思った。いや、いまだって、現実に恋をしているのかもしれない。

水割りを口にし、深いため息をつくと、亜紀はじっと純一を見つめてきた。

「大した話じゃないのよ。でもね、主人や由佳がいるところでは、絶対にできないお話だから」

「それで、ゆうべ電話をくれたんですね」

「ええ。でも、せっかくあなたともこうやって仲よくしてもらってるのに、こんなこと話したら、嫌われちゃうかもしれないわ」

亜紀は、ほんとうに不安そうな表情を見せた。

「嫌われちゃうだなんて、そんなわけないでしょう。ぼくはもう亜紀さんのこと、ほんとのお姉さんだと思ってるんだから」

「わかってるわ。だからつらいの。だけど、ここまで来たんだから、やっぱりお話ししたほうがいいのよね」

水割りをもうひと飲みして、亜紀はおもむろに話しだした。

「あなた、あたしたちのこと、開放的って言ったわね」

純一は黙ってうなずいた。

「そう、確かにあたしたちは開放的な夫婦かもしれないわ。お互いの欲望を全部さらけ出して、どうしたらそれを満たせるのかを、いつも二人で考えてきたんだから。でもね、少しは秘密の部分があってもいいと思うの」

純一はぎくりとした。まさか、これから純一と、秘密の関係を持とうというわけではないだろうが、ついつい淫靡《いんび》な想像をしてしまう。

「率直に言うわね。主人と由佳の間に、まだあなたも知らないことがあるのよ」

「三田村さんと由佳ちゃんの間に、ですか」

「正確には、あたしも知らないことになってるわ」

純一は胸騒ぎを覚えた。思わず唾《つば》を飲み込み、亜紀の次の言葉を待つ。

「あなたと知り合うより、もっとずっと前のことなんだけど、由佳はね、うちの主人が好きになっちゃったらしいのよ」

「ああ、それだったら、ぼくも由佳ちゃんから聞きましたよ。三田村さんに痴漢ごっこをやってもらおうと思ったって」

「ええ、そのとおり。でも、あの子のロストバージンの話は聞いてないでしょう？」

「いえ、一応、聞いてますよ。合コンの帰りに、誘ってくれた男の子にあげちゃったって言ってましたけど」

純一の胸の中で、急激に不安が広がりだした。由佳が純一に嘘をついていたというのだろうか。

「あの子、田代くんにはそう言ったの」

「そ、それじゃ、違うんですか」

すまなそうな顔をして、亜紀はゆっくりとうなずいた。

「ここまで言えばもうわかったと思うけど、あの子の最初の相手はね、ほんとはうちの主人なのよ」

「えっ？　で、でも、三田村さんは由佳ちゃんを紹介してくれたとき、由佳ちゃんと自分とは、絶対にそういう関係じゃないって」

「ごめんなさい。主人に代わって謝るわ」

「そんな」

純一の体から、いっぺんに力が抜けていった。べつに、三田村と由佳が関係を持っていたことに、怒りを感じたわけではない。それならそうと、どうして最初から打ち明けてくれなかったのか、そこに腹が立ったのである。

「でもね、田代くん。主人の気持ちもわかってあげてほしいの」

「三田村さんの気持ちって？」

「一緒に暮らすようになって、由佳はとにかく主人が好きで好きでたまらなくなったらしいの。でもね、あの子はあたしから彼を奪い取ろうなんて気持ちはまったくなかったみたい。せめて主人に最初の相手になってほしいって思っただけらしいのよ」

純一にも、由佳の気持ちはなんとなくわかる気はした。女性から見ても、三田村はそういう頼れる存在なのだろう。

「もちろん主人は断ったらしいわ。でもね、由佳には迫ってくる男の子がいっぱいいて、あの子も好奇心が旺盛《おうせい》だから、祐介さんが相手をしてくれないのなら、もうだれでもいいからバージンをあげちゃうわ、なんて、主人に言ったらしいの」

「そのことを、三田村さんは亜紀さんに話したんですか」

「ええ。言わなくてもいいのにね。少しは秘密があってもいいって言ったのは、このことなのよ。あたしだってショックだったわ。まさか由佳がそこまで考えてるとは思わなかったもの」

「そうでしょうね。どう答えたんですか、亜紀さんは」

「きょうのお話はそこなの。変に思われるかもしれないけど、あたしはね、抱いてあげてちょうだいって、そう言ったの」

話の経緯《いきさつ》から、その答えを純一も予想していなかったわけではない。しかし、やはり衝撃的な話ではあった。

「由佳はね、あたしにとっては妹というより、娘みたいな存在なの。言ってなかったけど、うちの主人ね、子供を作れない体質なのよ」

「えっ？　それじゃあ」

「ほんとなのよ。詳しいことはいまは話せないけど。だからね、娘みたいに思っている由佳が、わけのわからない男にバージンを奪われるなんて、絶対に許せなかったの。それなら、主人に抱いてもらったほうがいいって、そう思ったのよね、あたし」

一応、うなずいてはみたものの、そこまで考えた亜紀の気持ちは、純一には理解しがたいものだった。いくらなんでも、妹が自分の夫に抱かれるなんて、耐えられないだろうという気がする。

「でもね、由佳のために言うけど、主人とはほんとうにその一回限りだったのよ。これであなたが由佳を軽蔑《けいべつ》するのならそれも仕方ないけど、あの子もいまはあなただけを愛してるんだと思うわ」

「いやあ、そんなことで由佳ちゃんを軽蔑したりはしませんよ。それより、三田村さんはどうして最初からぼくに話してくれなかったんでしょうかね。そのことのほうが、ぼくには面白くないですよ」

純一は、少し憤然《ふんぜん》として言った。

「ごめんなさい。確かにあなたの言うとおりね。だけど、主人もやっぱり由佳の将来を考えたんだと思うの。あの人は田代くんのこと、ほんとに気に入ってるみたいだし、由佳の相手にふさわしいと認めたからこそ、紹介する気にもなったんだと思うわ。もちろん、相談されて、あたしも賛成したけど」

「はあ。ま、しょうがないかな。ぼくだって亜紀さんを抱いたことがあるんだから、おあいこってところですかね」

無理におどけた調子で言い、純一は笑った。

不安そうだった亜紀の顔が、いっぺんに明るさを取り戻す。

「ありがとう、田代くん。そう思ってくれるのね」

「仕方がありませんよ。ぼくは由佳ちゃんと同じくらい、三田村さんや亜紀さんのことも好きなんだから」

亜紀さんのことも、というところでは、なんとなく自分でも言葉がうわずるのがわかった。やはり純一は、いまでも亜紀に強く惹《ひ》かれているのである。

「じゃあ、これまでどおりでいいのね」

「当たり前じゃないですか。話してもらえて、かえってすっきりしたな」

「でも、主人や由佳には、あたしが話したって言わないでね。主人は大丈夫だけど、由佳はあなたには知られたくないと思ってるはずだから」

「ええ、わかってます」

「ああ、あたしもすっきりした。これでもう一つのお話も簡単にできそうだわ」

「もう一つ?」

「ふふっ、ほんとはね、そっちのほうが今夜の本題なのよ」

そう言うと、純一がぞくっとするような妖艶《ようえん》な笑みを見せ、亜紀は水割りを喉に流し込んだ。

あらためて純一を見つめ、亜紀は話しはじめる。

「由佳もね、あなたにはやっぱり後ろめたさを感じてると思うの。初体験の相手が主人だったということでね」

純一は首肯《しゅこう》した。だいぶ気が楽になったのか、亜紀はいつもの快活な話し方に戻っている。

「そりゃあ、あなたも由佳を愛してくれてるらしいから、いまはあの子のそんな気持ちをいたわってくれると思うのよ。でも、さっきも言ったけど、夫婦ってね、少しは秘密を持ったほうがいいのよ」

「つまり、ぼくも由佳ちゃんに、秘密を持つべきだってことですか」

不思議な期待感に包まれながら、純一は身を乗り出して尋ねた。

「そういうこと。あなたも由佳に秘密を持つのよ。ちょっぴり後ろめたさのある秘密をね。それで、あなたと由佳もおあいこになるわけだもの」

テーブルの上で、頬《ほお》が触れ合うほどに、亜紀が顔を近づけてきた。

「どう？　そんな秘密、あたしと作ってみない？」

「つ、作るって、どうやって？」

「ふふっ、痴漢よ」

「痴漢、ですか。それなら、もう前に」

「ただの痴漢じゃないわ。名づけて、『究極の痴漢ごっこ』ってところかしら」

「究極の、痴漢ごっこ？」

亜紀はまた妖《あや》しく口もとをほころばせた。

「ずっと以前にね、一度だけ主人と試したことがあるの。つまりね、電車の中で実際につながってみるのよ」

「つ、つながるって、セックスしちゃうってことですか」

あまりのことに、思わず純一の声が大きくなった。びっくりしたように、亜紀が唇に人差し指を当てる。

「お馬鹿さんね、そんな大きな声を出して」

「す、すみません。でも、ほんとに」

「そうよ、電車の中でセックスをするの。もちろん、最後までいく必要はないのよ。満員の乗客に囲まれた中で、いま二人の下半身がつながってるんだって実感するの。すてきよ、きっと」

亜紀は天井を見あげて、昔を思い出すような目になった。

「ほんとにできるんでしょうか、そんなこと」

亜紀は三田村と一度した経験があるというのだが、純一にはとても信じられなかった。

スカートをまくりあげるだけでも、周囲の目が気になって仕方がないのである。お互いの下半身を結合させることなど、とても可能だとは思えない。

「それができるのよ。いろいろと条件は必要だけどね。それは順々に説明するわ。あたし、ぜひあなたとこれをやってみたいの」

亜紀の話に、純一も次第に興奮を覚えてきた。具体的にどうすればいいのか、まだ実感は湧《わ》かない。しかし、目の前の亜紀の肉体をもう一度、味わえるかもしれないと思うと、早くもペニスは完璧に勃起《ぼっき》して、ズボンの前を突きあげてきた。

「どう、田代くん。やってみる？」

「は、はい、ぜひ」

「よかった。ありがとう。断られたら、どうしようかと思ってたのよ」

亜紀の言う『究極の痴漢ごっこ』の話はともかくとして、純一はすでに今夜のことを考えていた。三田村も由佳も遠出している。こんなチャンスはめったにない。

「あの、亜紀さん、こ、今夜は？」

「今夜？　駄目よ、そんなの。いまあなたに抱かれたら、単なる不倫になっちゃうじゃないの」

「はあ、そうですね」

純一はがっくりと肩を落とした。慰《なぐさ》めるように、また亜紀が顔を近づけてくる。

「その代わり、電車の中でつながることができたら、その晩はあなたに抱かれるわ」

「ほ、ほんとに？」

「ええ。それをあたしたちの最後の思い出にしましょうよ。男と女としてのね」

思わずテーブルの上で亜紀の手を握り、純一は何度も大きくうなずいていた。

2

その日は朝から雨だった。こんな日の純一は、憂鬱《ゆううつ》な気分でアパートを出ていくのが普通だが、今朝だけは違っていた。帰りの電車の中で、いよいよ亜紀と

『究極の痴漢ごっこ』を実行するのである。

あの話を聞いてから、すでに二週間が経過していた。雨の日で、レインコートを着ているときでないと、この計画は実行できない。

だらだらと、まるでスローモーションのような一日が終わり、夕方六時すぎに、京橋駅近くの喫茶店で亜紀と待ち合わせた。

純一が来てみると、亜紀もレインコートを着たまま座っていた。やや寒々とした日で、喫茶店の中でコートを脱がなくても、それほど不自然ではなかった。しかし、亜紀にはコートを脱げない事情があるのだ。

純一は席に着き、コーヒーを注文した。

「いよいよね、田代くん。覚悟はいい？」

「はい」

亜紀は充分に落ち着いているようだったが、純一のほうは極度の緊張に見舞われていた。亜紀のコートの下を想像すれば、それだけでペニスが鎌首《かまくび》をもたげてきそうなものだが、いまはそんな気配もない。

運ばれてきたコーヒーカップを持ちあげる純一の手が、小刻みに震えた。

「大丈夫？」

少し心配そうに、亜紀が声をかけてくる。

「なんとかなると思います」

コーヒーを半分ほど飲んだところで、一つ大きく息をつき、純一は立ちあがった。

「ぼく、ちょっとトイレに行ってきます」

これも予定の行動だった。男子用トイレに一つだけある個室に入ると、コートの下でズボンのチャックをおろし、ペニスをつまみ出した。ブリーフは会社のトイレですでに脱ぎ、いまはカバンの中にしまってある。

「頼むぞ、おい」

頭を垂れたままのペニスを指先で二、三度つついてから、純一はその上にふわりとコートをかぶせた。一応、コートのボタンはかけるが、これは電車に乗ると同時に、亜紀がはずす約束になっている。

純一がトイレから通路に出ていくと、亜紀が伝票を持って立ちあがった。きょうはここの代金も、亜紀に任せることにする。

喫茶店を出て、いよいよ地下鉄のホームに向かった。亜紀との初めての出会いも、この地下鉄の中だった。きょうこれからしようとしているのは、あのころには想像もできなかった行為である。

「大丈夫よ、きっとうまくいくわ」

亜紀が小声でささやいてきた。大きくうなずいてはみたものの、純一は不安でたまらなかった。

とうとうホームに出た。すぐに電車が入ってくる。一番前の車両に乗り込み、ドアの横にあるわずかな壁に、亜紀の背中を押しつける。

電車が動きだすと、すぐに亜紀の手が下におりて、純一のレインコートの前についているボタンを、二つほどはずした。

そのうえで、今度は同じように自分のコートのボタンをはずし、純一の右手をその中へと導いた。スカートははいていない。純一の手は、すぐに亜紀の脚に触れる。

ストッキングに包まれたふとももの中ほどにあてがった手のひらを、徐々に上に移動させていくと、ストッキングは間もなく途切れ、柔らかなふとももの地肌になった。

さらに上昇させると、純一の手の甲にヘアが当たってきた。亜紀はパンティーをはいていないのである。

亜紀の手も、純一のコートの奥へ忍び込み、ズボンからはみ出たペニスを握った。しかし、まだまったく硬くなる気配がない。

「焦《あせ》らないで、あたしに任せておくのよ」

そっと耳もとにささやいてくる亜紀に、純一はやっとのことでうなずいてみせた。緊張は予想以上で、ややもすれば体が震えだしそうになる。

亜紀のクレバスには、すでに愛液がにじみ出ていた。純一は、中指の腹で秘唇を撫《な》で、蜜液を淫裂《いんれつ》全体になすりつけた。ずいぶん久しぶりに触れる亜紀の秘唇だが、この感触ははっきりと覚えている。

淫裂を割って指先を肉洞《にくどう》に侵入させてみると、ようやく純一のペニスもぴくんと反応した。亜紀が見あげてにっこり笑う。

もう少しだ。もう少し硬くなってくれ。

そう祈りつつ、純一は指先を亜紀のクレバスに埋め込んだ。小刻みに出し入れすると、さらに淫水があふれてくる。彼女のほうは、すでに受け入れ態勢が整っている。

銀座、新橋とすぎて、電車は虎ノ門駅のホームにすべり込んだ。最初の予定では、このあたりで結合するつもりだった。だが、まだ硬さが足りない。純一は焦る。

「大丈夫よ。丸ノ内線だってあるんだから」

純一を励まそうと、亜紀が耳もとにささやいてくれるのだが、肝心のペニスは、なかなか硬直とまではいかなかった。やはり周囲の目が気になっているせいなのだろう。

虎ノ門駅で、車内は完全にすし詰め状態になった。しかし、ペニスはこのまま結合できるほど硬くはならなかった。

仕方がない。丸ノ内線に勝負をかけるか。

純一がそう開き直ったとたん、突然、ペニスがぐぐっと硬度を増した。亜紀がやんわりとこすりはじめる。やっとこすれる状態になったのである。

だが、ほぼ完璧に勃起したとき、無情にも電車は赤坂見附の駅に着いてしまった。やむなくお互いのコートの前を合わせ、二人は電車を降りた。ボタンはとめていないので、ややぎこちない動作で、丸ノ内線の一番前の車両を待つ人の列まで歩く。

せっかく勃起したペニスが萎《な》えてしまうのではないかと、純一が不安に思っていると、亜紀がぎゅっと手を握ってくれた。

た。
「すてきよ、田代くん。ああ、早く入れてほしいわ」
亜紀の柔らかい手に触れているだけで、純一のペニスは勃起状態を維持してい

入ってきた電車に乗り込み、またドアに面した位置を占めて、二人はお互いの体をまさぐりだした。亜紀の手が触れると、ペニスはさらに硬さを増した。ぴくん、ぴくんと、小さな痙攣《けいれん》をはじめる。早くも射精が近づいてきたらしい。

亜紀の下半身は、もう大洪水《だいこうずい》だった。あふれた淫水が、ふとももののほうへと流れだしている。

「そろそろいいみたいね。さあ、来て」
純一は亜紀のコートから手を引き抜き、ペニスを彼女の手にゆだねたまま、やや脚を開いて体を接近させた。亀頭《きとう》の先端にヘアが触れるのを感じたが、まだ挿《そう》入《にゅう》できそうな気はしなかった。

電車が四ツ谷駅に着いた。降りる客に押し出されないように、二人は必死で体をくっつけたままやりすごした。もしホームに投げ出されでもしたら、亜紀のほうはともかく、純一はみじめに肉棒を公衆の面前にさらすことになってしまう。

「亜紀さん」

ドアが閉まると、純一は少し膝を折って腰をかがめ、ふたたび体を亜紀に密着させた。亜紀が必死でペニスの位置をコントロールしようとしているが、なかなか思いどおりにはいかないらしい。だが、秘肉のぬめりは、純一も確かに感じはじめていた。

四谷《よつや》三丁目駅に着く。残るはあと三駅。

もうひと息だ、あと少しで、亜紀さんの中に入れる。

また電車が動きだした。小刻みに動いていた亜紀の手が、ぴたりと止まった。じっと純一の顔を見つめ、ゆっくりとうなずく。

とうとう位置が決まったらしい。うなずき返し、純一は下半身に全神経を集めた。亜紀が手を放したのを見て、ぐいっと腰を突き出す。ずぶずぶと、肉棒が亜紀の体内にもぐり込んでいく実感があった。

「うっ、ああ、田代くん」

押し殺した声で、亜紀はうめいた。

「おおっ、は、入った。入ったんですね、亜紀さん」

耳もとにささやくと、亜紀は顔を上気させてうなずいた。電車の揺れに任せているだけで、わずかながらペニスが肉襞にこすられる。

その感触が、純一の欲情を一気に燃えあがらせた。周囲に気づかれないように、小刻みなピストン運動を開始する。

「そんな、田代くん、無理しなくても。ううん、ああ、田代くん」

もう止めることはできなかった。

ほかの乗客に、バレたらバレたで、かまうもんか。

純一は、次第にそんな気持ちになっていった。

「亜紀さん、ぼく、好きだったんです。ずっとずっと、あなたのこと、好きだったんです」

「た、田代くん、あたしも、ああっ、あたしも好きよ。ううん、ああ、田代くん」

地下鉄の轟音《ごうおん》が、二人の声を完全に消してくれるという自信は、純一にはなかった。それでも、言葉に出さずにはいられなかった。この瞬間、純一には、亜紀がこのうえなくいとおしい女性に思えたのである。

そして、電車が新宿御苑前駅のホームにすべり込んだころ、純一は絶頂を迎えていた。

「うっ、おおっ、亜紀さん」

腰を大きく震わせて、純一は亜紀の肉洞に向かって大量の白濁液《はくだくえき》を放った。開いたドアに向かう人々を避けながら、亜紀は必死で純一に体を押しつけ、欲望のエキスをしっかりと受け止めてくれたのである。

亜紀と電車の中で『究極の痴漢ごっこ』を実行してから、純一と由佳の仲はますます進展した。

由佳が三田村に処女を捧げたという事実は、彼女の口から純一に語られることはないだろうし、純一も亜紀との一件を由佳に話すつもりはない。

一時的にせよ、由佳は三田村に対して本気だったのだろうし、純一にしても、真剣に亜紀を愛していたのである。

二人ともすばらしい恋の思い出を持ちながら、いまはお互いを深く愛している。たった一つ秘密があるとはいえ、三田村夫妻に劣らぬほど、すてきなカップルになりつつある、と純一は思っている。

それにしても、電車内での亜紀とのセックスは、ほんとうに強烈だった。亜紀も、まさか純一が射精してしまうとまでは、思ってもいなかったに違いない。

新宿駅に着いて、あわててハンカチを取り出し、ペニスを必死で拭《ぬぐ》ってくれた亜紀の表情を、純一はいまでも忘れることができない。新宿御苑前から二駅を、純一と亜紀は、体をつなげたままですごしたのだ。

いまはまだそんな心配はまったくないが、もし由佳との間に隙間風が吹くようなことがあったら、今度は由佳と『究極の痴漢ごっこ』を実行してみよう、と純一はひそかに考えている。

そんなある日、純一のアパートに、幸子から結婚披露パーティーの案内状が届いた。寺島という、あの実直そうな研究者と、無事ゴールインという運びになったらしい。

「新しい彼女も、ぜひご一緒にお連れください」

印刷の文字のあとに、懐かしい達筆で、そう書き添えられていた。

由佳ちゃん、行ってくれるかな。

湧きあがる幸福感に含み笑いをもらしつつ、純一は電話機に手をのばした。

第七章　女教師の秘密

1

二〇〇五年六月二十二日。

午前七時三十一分、JR中央線の国分寺《こくぶんじ》駅。東京行きの快速電車に乗り込んだ瞬間、谷沢康宏《やざわやすひろ》の目は一人の女性に吸い寄せられた。担任教師の田代由佳である。

セミロングの黒髪、まっすぐに通った鼻筋、ふっくらとした肉厚の唇。入学以来、ずっとあこがれを抱き続けている由佳の横顔を目の当《ま》たりにし、康宏の口から思わずため息がもれた。

康宏は十七歳、高校二年生である。中央線で新宿駅まで行き、そこで都営地下鉄に乗り換えて、九段《くだん》にあるN学園まで通っている。

由佳は家が立川《たちかわ》で、電車内でよく姿を見かけるものの、これまで康宏のほうから声をかけたことはなかった。挨拶《あいさつ》くらいはすべきなのだろうが、照れくさくてできないのである。いつも由佳に気づかれないように、そっと見守っているという状態だ。

先生みたいな女性と初体験ができたら、最高なんだけどな。

そう考えたとたん、クラスメートである滝田勇一《たきたゆういち》の顔が脳裏《のうり》に浮かんできた。

俺、卒業までに絶対、由佳先生とセックスをするぞ。男子が四、五人、集まっている中で、勇一はそう宣言したのである。

由佳を欲望の対象にしているのは、何も勇一ばかりではなかった。康宏も含めた男子生徒のほとんどが、由佳の体に熱い視線を注《そそ》いでいると言ってもいい。

白いブラウスに紺か黒のタイトスカート。いつも清楚《せいそ》そのものという服装をしている由佳だが、日本人離れしたプロポーションを隠すことはできない。男子生徒たちに特に人気があるのは、歩くたびにゆさゆさと揺れる乳房だった。谷間に顔をうずめてみたいという願望を、康宏は何人ものクラスメートから聞かされている。

しかし、康宏が一番興味を持っているのは、すらっとのびた脚だった。顧問をしている軟式テニス部の練習中に、由佳のスコート姿を目にして以来、康宏は彼女の脚にすっかり魅せられてしまった。オナニーの際に思い浮かべるのは、ほとんど由佳の白いふとももなのである。

N学園に勤めだして十年、今年三十三歳になった由佳は、結婚して子供が二人いる。夫は新進の建築家だという。

あの体を自由にできるのか。いいよなあ。

見たこともない由佳の夫に、康宏は羨望《せんぼう》を覚えた。と同時に、下腹部に異変が起こった。むくむくと硬さを増したペニスが、ズボンの生地を押しあげてくる。

苦笑しながら由佳のほうへ目をやったとき、不思議なことに気づいた。由佳は目を閉じ、やや上を向いて、苦しげな表情を浮かべているのである。肉厚の唇が、わずかに開かれているのもわかる。

先生、具合でも悪いんだろうか。

心配になった康宏は、人ごみの中をかき分けるようにして由佳に近づいた。サラリーマンふうの男が舌打ちをし、じっと睨《にら》みつけてきたが、気にしている余裕はなかった。あこがれの女性が、急病かもしれないのだ。

あと一メートルほどのところまで迫ったとき、衝撃的な光景が康宏の視界に飛び込んできた。由佳の真後ろに立った男が、彼女のお尻に右手をあてがっていたのである。

痴漢。この言葉が、ごく自然に頭に浮かんできた。満員の電車内で女性の体に触れる不埒《ふらち》な男がいることは康宏も知っていたが、実際に目にするのは初めてだった。男の指は、確かに由佳のお尻の上を這《は》いまわっている。

許せないという気持ちの一方で、由佳のお尻に触れている男に対して、康宏は明らかに嫉妬《しっと》を感じていた。康宏があこがれてやまない由佳の体に、男は自由にさわっているのである。

注意して、やめさせなければ。

そう思ってはみたが、どう言えばいいのか、とっさには判断がつかなかった。へたなことを言って、男に因縁《いんねん》をつけられても困る。聞いた話では、女性が声をあげて痴漢を非難しても、周囲は知らんぷりを決め込んでいる場合が多いのだという。

どうすればいいんだ？　先生、困ってるはずなのに。

康宏が迷っているうちに、男の行動はさらにエスカレートした。右手の指を下までおろし、スカートの裾《すそ》をつまみあげたのだ。そのままゆっくりと、スカートを上にまくりあげる。

ああ、先生のふとももだ。

狭い空間で、はっきりとは見えないものの、あらわになった由佳のふとももに、康宏は憧憬《どうけい》の視線を送らずにはいられなかった。淡《あわ》いベージュのストッキングに包まれてはいるが、テニスのスコートの下に見えていた地肌と同様、康宏にはこのうえなく魅力的に思えた。硬くなりかけていたペニスが、これで完全勃起《ぼっき》する。

男はまったく躊躇《ちゅうちょ》することなく、今度はストッキングの上に指を這わせた。大きく円を描くように、左右のふとももを交互に撫《な》でつける。

由佳に目をやると、相変わらずやや上を向いたまま、朱唇《しゅしん》を半開きにしていた。先ほどは苦悶の表情に見えたが、いまはそれが非常に悩ましく感じられる。

痴漢にさわられて、先生、感じちゃってるんだろうか。

まさかとは思ったが、康宏の興奮が高まったのは事実だった。もはや痴漢男に注意しようなどという気持ちは、すっかり消え失せていた。ほかの乗客からは見えないところで行われている淫靡《いんび》な行為に、康宏はじっと目を注ぐ。

停車するごとに、電車はさらに混んできた。かなりの力で押されたが、康宏は必死でその場に踏みとどまった。大好きな由佳のふとももが、手をのばせば届く場所にあるのだ。これを見逃す手はない。

ああ、ぼくもさわってみたい。セックスは無理でも、せめて先生のふとももに手を触れることができたら。

そんな思いに、康宏は責めさいなまれた。といって、もちろん自分が痴漢になるわけにはいかない。

痴漢行為は延々と続き、乗り換えの新宿駅が近づいてきたころ、男はいっそう大胆な行動に出た。スカートの下でウエスト付近まで手をすべりあげ、強引にパンストをおろしはじめたのだ。

それまで黙っていた由佳も、さすがに後ろを振り向いた。だが、それだけだった。あきらめたように前を向き、また目をつぶって悩ましい表情を浮かべる。

膝上《ひざうえ》十センチくらいまで、男はストッキングをおろした。あらわになったふとももの地肌に、指を這わせていく。

さわりたい。先生のふとももに、さわってみたい。

あらためて、康宏はそう思った。由佳のふとももに手を触れる自分の姿を想像すると、またいちだんと欲情してきた。ズボンの生地を突き破ってきそうなほど、肉棒は硬く張りつめている。

しばらくふとももを撫でていた男の指が、脚の付け根近くまで這いのぼった。中指と人差し指の二本を、脚の間にこじ入れていく。

由佳の体がびくんと震えるのが、康宏にもはっきりとわかった。感じているのかどうかはともかくとして、由佳が男の指の動きを意識していることは間違いない。

指を差し入れたまま、男は由佳の耳もとに口を近づけた。何かささやいたようだが、由佳はぶるぶると首を横に振っている。

話の内容が聞き取れず、康宏はいらいらした。痴漢が相手の女性に話しかけること自体、康宏は許せないと思った。忘れていた痴漢男に対する怒りが、胸によみがえってくる。

電車はいよいよ新宿駅に近づいた。男はふとももの間から指を抜き、両手を使って由佳のパンストを引きあげた。まくれあがっていたスカートも、もとの状態に戻す。

停車してホームに降り立つと、男は何事もなかったように歩きだした。由佳のほうは、都営地下鉄に乗り換えるために階段をおりはじめる。

ほんの数秒、悩んだのち、康宏は男のあとを追うことにした。痴漢行為に対する怒りが、再燃してきたのである。学校には遅れることになりそうだが、それも仕方がないという気分になっていた。

西口に出た男は迷う様子もなく歩き、階段をのぼってビルの一階にあるセルフサービスの喫茶室に入った。カップを受け取って窓際の席に座り、スポーツ新聞を広げる。

康宏はショートサイズのコーヒーを頼み、カップを持って男に近づいた。一度、深呼吸をしてから、思いきって声をかける。

「すみません。ここ、相席《あいせき》してもいいですか」

新聞から顔をあげた男は、少し驚いた表情を見せた。電車内で近くに立っていた康宏の顔を、覚えていたのかもしれない。

ふっと息を吐《は》き出し、男はうなずいた。

「かまわないよ。好きに座ったらいい」

一応、頭をさげ、康宏は緊張しながら男の正面に腰をおろした。若い男だった。せいぜい二十か二十一といったところだろう。康宏の持っていた痴漢のイメージとはまったく合わない。ちょっと見には、爽《さわ》やかな青年という感じの男なのである。

「きみ、N学園の生徒だよな」

「ど、どうしてそれを」

いきなり男に言われ、康宏はたじろいだ。男のほうはにやにや笑っている。

「びっくりすることはないよ。二年前まで、俺もあそこの生徒だったんだ」

「先輩ってことですか」

「ああ、そうだよ。系列の大学には進まずに、いまはM大に行ってるんだけどね」

康宏は頭が混乱してきた。目の前に座っている男は、N学園の出身だという。卒業が二年前だというから、当然、由佳の存在を知っていたことになる。

「はっきり言わせてもらいます。先輩はさっき、電車の中で」

「痴漢をしてたって言いたいんだろう？」

康宏の言葉をさえぎって、男ははっきりとした口調で言った。痴漢行為をしたことに対する後ろめたさなどは、微塵《みじん》も感じられない。

「きみ、もしかして由佳先生のファンなのかい？」

「えっ？　いや、そ、それは」

「隠さなくたっていいよ。俺たちの在校時代、あの先生は学園のマドンナだった。男子生徒はみんな彼女にあこがれたもんさ。ズリネタにしてないやつは、いないくらいだったな」

知らず知らずのうちに、康宏はうなずいていた。男の言葉が、いまの自分たちにそのまま当てはまることに気づいたからだ。

「誤解のないように言っておくが、俺が先生の体にさわったのは、合意のうえだ」

「合意？」

「変に思うかもしれないが、実際にそのとおりなんだよ。由佳先生だって、べつにいやな顔はしていなかっただろう？」

言われてみれば、確かにそのとおりだった。最初は苦悶の表情を浮かべているように見えたが、悩ましい顔と言えなくもなかった。

とはいえ、清楚な由佳が、自ら進んで痴漢行為をさせていたとは考えにくかった。康宏は男に疑惑の目を向ける。

「ちゃんと説明したほうがよさそうだな。高校を卒業する直前、俺は先生にアタックしたんだ」

「どういうことですか、アタックって」

「付き合ってくれって迫ったのさ。先生のほうがひとまわりくらい上だけど、恋人同士になったって、おかしくはないだろう？」

「で、でも、先生は結婚されてるじゃないですか」

「関係ないさ、そんなこと。別れてもらえばいいんだから」

「そりゃあ、まあ」

「俺はマジだった。セックスをしたいって気持ちが強かったのは確かだけど、それ以上に、男と女として、本気で付き合いたいって思ったんだ」

男は窓の外に目を向け、遠くを見るような表情をした。爽やかな青年というイメージが、康宏の中でますます大きくなる。

「どうだったんですか、先生の反応は」

康宏のほうへ向き直り、男は少しだけ照れくさそうに笑った。

「真面目《まじめ》に答えてくれたさ。あたしは主人を愛してるって。でも、俺はあきらめなかった。初めて本気になった相手だからな」

「だけど、駄目だったんですよね。先生は離婚なんかされてないし」

「まあな。それでも、俺の気持ちはわかってくれて、望みはかなえてくれたよ」

「望みって？」

「初体験の相手になってもらうことさ」

「先輩、そ、それじゃ、由佳先生と?」

男は大きくうなずいた。康宏は、言いようのない焦燥感《しょうそうかん》を覚えた。嫉妬《しっと》から来るものに違いない。

「卒業して一週間後に、二人で会ったんだ。映画を見て、食事をして、それからラブホテルに入った。感激だったよ。毎晩ズリネタにしてた先生と、初めての体験ができたんだからな」

「先生とは、それからも?」

「いや、一度限りって約束だったんだ。俺は未練たっぷりだったけど、先生を困らせるわけにはいかないからな。ところが一年前、朝の電車で偶然、一緒になったとき、先生がとんでもないことをしてくれたんだ。びっくりしたよ。ほかの乗客に気づかれないように、俺の股間《こかん》にさわってくれたんだ」

「先生が? 先輩が先生の体にさわったんじゃないんですか」

男はゆっくりと首を横に振った。

「その日の帰りに、立川でデートしたよ。俺の家は隣の日野《ひの》駅の近くなんでね。そこで先生が話してくれたんだ。夫を愛してはいるけど、自分は若い男の子にも、すごく興味があるって」

「若い男の子？」

「男子生徒って意味さ。授業中でも、よく想像することがあるって言ってたよ。気に入った子に抱かれるところをね。俺たちを教えてるところから、そうだったって話だ。だから、俺の望みをかなえてくれたんだろうな」

「その晩、先生とは？」

「俺は抱きたかったさ。でも、許してくれなかった。約束は約束だからな。その代わり、ときどき電車の中で会ってくれるようになったんだ。きょうみたいに、俺が先生の体にさわることもあれば、その逆もある。セックスはできなくても、それなりに満足してるよ」

先生の体にさわることができるんなら、ぼくだって、セックスなんかしなくたっていい。

男に対する羨望《せんぼう》が、康宏の中でいちだんと大きくなった。ズボンの下の肉棒は、痛みを感じるほど硬度を増してきている。

「そう言えば、きみ、先生の好みのタイプなんじゃないかな」

「そんな、からかわないでくださいよ」

「からかってなんかいないさ。自分で言うのも変だけど、あの先生、たくましいのより、かわいい感じの男の子が好きらしいんだ」

男は童顔だった。美男子というより、かわいいという言葉が当てはまる。康宏もクラスメートから、幼い感じがすると言われることがよくある。

「ぶつかってみればいいじゃないか、由佳先生に」

「いやあ、でも」

「痴漢のこと、俺に注意しようと思って声をかけたんだろう？」

「え、ええ、そうですけど」

「それだけの度胸があれば、先生に迫るくらい、どうってことないさ。俺の予想では、たぶん望みどおりになるだろうしな」

「先輩、ほんとにそう思いますか」

「言っただろう？　きみは先生の好みのタイプだって」

痴漢行為を咎《とが》めるはずが、まったく思わぬ展開になってしまった。だが、康宏にとっては、棚《たな》ぼたみたいなものだった。由佳に迫る勇気が、湧《わ》いてきたような気もする。

「そう言えば、自己紹介もしてなかったな。俺、田辺尚志《たなべひさし》。よろしくな」

「谷沢康宏です。こちらこそ、よろしくお願いします」

不思議な縁《えん》で知り合った二人は、どちらも照れくさそうに笑った。

「こうなったら共同戦線を張らないか、谷沢くん。俺も全面的に協力するからさ」

「協力って言われても」

「一番簡単なのは、俺がきみのことを先生に話すって方法だな。痴漢行為を見られてたって話すんだ。先生にしたって、恥《は》ずかしいところを見られたわけだから、たぶんきみの望みはかなえてくれるよ」

言われてみれば、確かにそれが最も有効な手段に思えた。だが、由佳を脅《おど》すような形になることに、康宏は抵抗を覚えた。大好きな由佳には、できれば最後まで真摯《しんし》な態度で臨みたいという気持ちがある。

「ぼく、自分で言いますよ。昔、田辺さんがやったみたいに」

「まあ、俺もそれがいいとは思うよ。真面目に話せば、先生は絶対にちゃんと聞いてくれるからな」

「田辺さんは、どういうきっかけで話したんですか。それだけ聞かせてくださ い」

「いまでもよく覚えてるよ。最初、先生にアタックしたのは校舎の屋上だった」

「屋上？」

「いまはやってないかな。当時、週に一度は屋上の掃除があったんだ」

「やってますよ、いまでも。クラス単位で当番がまわってくるんです」

「そうか。たまたまそこで先生と二人きりになれたから、思いきって打ち明けたんだ。先生が好きです、ってな。いやあ、緊張したよ。体が震えてきたのを思い出すなあ」

とにかく二人きりになることだな、と康宏は思った。由佳と二人になれば、いまなら告白できそうな気がする。

田辺のように、男と女として付き合いたいとまでは思っていないが、由佳に対する気持ちは、決して肉欲だけではなかった。入学してから一年数カ月の間に、康宏は確実に由佳を好きになっている。

しばらく沈黙が流れたのち、何かひらめいたとでも言いたげに、田辺が手を叩いた。

「こういうのはどうかな、谷沢くん。由佳先生に、電車の中で告白するんだ」

「電車の中で？」

「混んだ車内では、他人の会話になんか、だれも耳は傾けていないものさ。さっきみたいに、先生が乗ってるところに近づいて、そっと話してみればいいんだ」

康宏はうなずいた。と同時に、先ほど別れ際に、田辺が由佳の耳もとにささやいていたのを思い出した。話の内容が、どうしても気になってくる。

「田辺さん、一つ聞いてもいいですか」

「なんだい？」

「さっき電車の中で、最後に先生に何か話してましたよね。どんな話をしてたんですか、あのとき」

「ああ、あれか。いつものおねだりだよ。たまらなくなったから、もう一回だけセックスをしてくれないかって頼んだんだ。簡単に断られちゃったけどね」

先生、ほんとうに一回限りにするつもりなんだな。

照れくさそうに頭をかく田辺を見ながら、康宏はそう思った。彼自身、一回でも由佳を抱くことができるのなら、それで充分だという気がする。

「俺の携帯の番号、教えておくよ。きみが先生とどうなったか、聞きたいからな」

「じゃあ、ぼくも」

互いに携帯電話の番号を教え合い、さらに十分ほど話してから、康宏は席を立った。驚いたことに、彼の股間は、まだ突っ張ったままだった。

2

「あら、谷沢くん」

田辺と出会ってから一週間後、満員電車の中で康宏が近づいていくと、由佳は満面に笑みを浮かべて迎えてくれた。少しだけ緊張しながら、康宏は頭をさげる。

いつもどおり、由佳は清楚な格好だった。上着の下には白いブラウスがのぞき、下半身は濃紺のタイトスカートで覆《おお》われている。

とにかく落ち着かなくっちゃ。

一度、深呼吸をしてから、康宏は由佳の耳もとに口を近づけた。かすかに漂うコロンの香りが、鼻腔《びこう》の粘膜を刺激してくる。

「先生に、どうしてもお話ししたいことがあるんです」

「あたしに？　だったら放課後、時間を作るわ。面談室を取る？」

「いえ、できればここで」

「こんな場所でできる話なの？」

「え、ええ、たぶん」

喋《しゃべ》る内容は何度も練り直し、家で実際に声に出して練習までしてきた。入学以来、ずっと由佳にあこがれていたこと、できれば由佳の体で初体験がしたいということを、はっきり言うつもりで出てきたのである。

「ぼく、初めて教えてもらったときから、先生のこと、あの、なんて言うか」

駄目だ、うまく話せない。

康宏はパニックに陥《おちい》った。練習ではすらすらと出てきた言葉が、まったく思い出せないのである。

やっぱり先輩のようにはいかないのか、と絶望的な気分になり、康宏ががっくりと肩を落としたとき、信じられないことが起こった。由佳が下におろした右手を、康宏の股間にあてがってきたのである。

「先生、そ、そんな」

「いいのよ、谷沢くん。あなたのお話って、このことだったんでしょう？」

先ほどとはまったく違う意味で、康宏はパニック状態になった。あこがれの由佳の手が、ズボンの上からとはいえ、ペニスに触れているのである。一気に硬化した肉棒が、ズボンの生地を突きあげてくる。

「知ってたわ、あなたの気持ち」

「ほんとに？」

「ええ。じっと見つめてくれてたものね、あたしのこと」

「す、すみません、先生。ずっと好きだったんです。入学したときから、ずっと」

「うれしいわ。いつもこんなふうに硬くしてたの？」

「授業中でも、しょっちゅうでした。先生を見てるだけで興奮してきて」

「ああ、谷沢くん」

由佳の右手に力がこもった。生地ごとしっかりと握り、上下にこするような動作をする。

「だ、駄目ですよ、先生。そんなことされたら、ぼく」

「あなたもさわっていいのよ。ほら、手をこっちへ」

肩からバッグをさげたまま、由佳は空いた左手で康宏の右手首をつかんだ。その手を自らの乳房に持っていく。

ほかの乗客に見られるのではないかと、康宏は気が気ではなかった。それでも、双丘の手ざわりはすばらしかった。張りと弾力に、うっとりとしてしまう。

「硬いわ、谷沢くん。鉄の棒みたい」

「すてきですよ、先生のオッパイ。でも、ぼく、あの」

康宏は口ごもった。先週の田辺のように、自分もスカートの中に手を入れたいとは思うものの、それをすんなりとは口にできない。

由佳がくすっと笑った。どうやら康宏の心の中まで見透かしていたらしい。

「ふふっ、恥ずかしがらなくてもいいのよ、谷沢くん。オッパイじゃなくて、下にさわりたいんでしょう？」

「え、ええ、まあ」

「さわって。ほら、遠慮しないで」

由佳は康宏の右手を、今度は下腹部へ導いた。左手でスカートをまくりあげ、その内部へと引っ張り込む。

どきどきしながら手をのばした康宏は、ぎくりと身を震わせた。指先に触れてきたのはストッキングではなく、間違いなくふとももの地肌だったのである。

「先生、ストッキング、はいてないんですか」

「はいてるわよ」

「えっ？　で、でも」

「ふふっ、ちゃんとはいてるわ。ただし、パンストじゃないの。ガーターベルトって、聞いたことない？」

康宏は息をのんだ。聞いたことがないどころの話ではなかった。ガーターベルトこそ、彼にとって夢の下着だったのである。由佳がガーターベルトからストッキングを吊《つ》っているところを、オナニーの際に何度、思い浮かべたか知れない。

手のひらをいっぱいに広げ、康宏は由佳のふとももを存分に撫でまわした。内ももの感触が、特にすばらしかった。肌はすべすべで、肉はむっちりと量感をたたえているのである。

ストッキングの上端が手に触れてくるのも、余計に刺激的だった。上からおりてきているガーターベルトのサスペンダーを、無意識のうちに手で確認する。

「ああ、見てみたいな、先生がガーターベルトをしたところ」

「もちろん見せてあげるわよ。場所を改めてね」

「場所を？」

「ここで見せるわけにはいかないし、ましてセックスなんか、絶対にできないでしょう？」

「セ、セックス？」

友だち同士の間では普通に使っている言葉だが、あこがれの由佳の口から出ると何十倍も淫靡《いんび》に感じられた。さわられている肉棒が、ぴくぴくと妖《あや》しく痙攣《けいれん》しはじめる。

先生は、ぼくにセックスまでさせてくれる気なんだ。そうに違いない。

喉がからからに渇いてくるのを感じながら、康宏はさらにふとももを撫でた。

そんな彼の耳もとに、由佳が熱い吐息《といき》を吹きかけてくる。

「きょうの放課後、応接室へいらっしゃい。校長室の隣よ。知ってるでしょう？」

「は、はい、知ってます」

「時間は四時半。いいわね、谷沢くん」

やっとの思いで、康宏はうなずいた。それから新宿駅に着くまでの間、必死で射精をこらえながら、あこがれの由佳のふとももに、康宏はさわり続けたのである。

3

「ああ、先生」

目の前の光景に、康宏は感嘆《かんたん》のため息をもらした。応接室のドアに内側から鍵をかけると、由佳は着ていたブラウスとスカートを脱ぎ捨て、康宏にその下着姿をさらしたのだ。

前もってブラジャーをはずしておいたのか、上半身はピンクのキャミソール一枚だけだった。薄い生地の向こうで、豊かなふくらみがゆさゆさと揺れている。

腰にはベージュのガーターベルトが巻かれ、そこからピンクのパンティーの中を通ってのびた四本のサスペンダーが、ふとももの半ばで淡いベージュのストッキングを吊りあげていた。ストッキングとパンティーの間に露出した白いふとももの地肌に、康宏はむしゃぶりついていきたくなる。

「どう、谷沢くん。気に入ってくれた？」

「当たり前じゃないですか。夢を見てるみたいです」

「夢なんかじゃないわ。あなたはこれからあたしとセックスをするの。あなたの硬いのが、あたしの中に入ってくるのよ」

ややかすれた声で言い、由佳が近づいてきた。すっと床にしゃがみ込み、康宏のベルトをゆるめる。スムーズな動作で、由佳はズボンを引きおろした。続いてブリーフも足首までずりさげてしまう。

「まあ、すごい。谷沢くんったら、もうこんなに」

由佳は、うっとりとした口調で言った。頰《ほお》はわずかに赤く染まり、目がしっとりと潤《うる》んできている。

屹立《きつりつ》したペニスは下腹部にぴたっと貼りつき、由佳には完全に裏側を見せていた。由佳の両手が、やんわりと肉棒を包み込む。

「ううっ、せ、先生」

さわってる。由佳先生の手が、ぼくの硬いのにさわってるんだ。

康宏は胸が熱くなった。同時に、すさまじいまでの快感が、背筋を脳天に向けて突き抜けていった。

しばらく両手でもてあそんだあと、由佳は右手一本で根元を支え、肉棒を自分のほうへ向けた。一瞬の躊躇《ちゆうちよ》もなく、張りつめた亀頭《きとう》をぱっくりと口にくわえ込む。

「うわっ、ああ、先生」

快感などという生やさしいものではなかった。康宏はめまいを覚え、天井がぐるぐるまわっているような錯覚《さっかく》に陥った。それでも歯を食いしばり、なんとか射精だけはこらえた。大好きな由佳とセックスができるのである。ここで暴発させてしまうわけにはいかない。

ゆっくりと前後に首を振り、由佳はペニスに刺激を加えてきた。ときおり口から肉棒を抜き、竿《さお》の周囲をぺろぺろと舐《な》めまわしたりもする。

五分ほどが経過し、由佳は肉棒を解放した。口の周囲にもれてきた唾液《だえき》を手の甲で拭《ぬぐ》い、潤んだ目で康宏を見あげてくる。

「頑張るわね、谷沢くん。簡単にいっちゃうかと思ったのに」

康宏は照れ笑いを浮かべた。実は昼休みに、どうにも我慢できなくなって、トイレで肉棒をしごいてきたのである。あそこで出しておかなかったら、いまごろはとっくに射精していたに違いない。

「いいのよ、お口に出しちゃっても」

口内発射。それも確かに魅力的ではあった。だが、いまの康宏は、一刻も早くセックスを経験したかった。大好きな由佳と、一つになりたいのである。

「うれしいですよ、先生に口でしてもらえて。でも、早くしたいんです。ぼくのこれを、先生の中に」

「あたしも同じ気持ちよ、谷沢くん。お口に出すのは、この次の機会にしましょう」

「この次？　先生、またぼくと会ってくれるんですか」

康宏は驚いて問い返した。由佳は、田辺とは、一度限りという約束でセックスをしたはずだった。実際、田辺はその後、由佳と交わる機会を与えられていないと聞いている。

「あなたはまだ二年近くもこの学校にいるのよ。何度でもお付き合いするわ。それとも、一回抱けばもう満足で、二度とあたしの相手なんかしたくない？」

「そ、そんなわけないじゃないですか。したいですよ、何回でも」

「ならそうしましょう。ただし、ちゃんとお勉強をしたらの話よ。いい？」

「頑張りますよ、先生。ぼく、絶対に頑張ります」

田辺と自分とでは条件が違うことに、康宏は初めて気づいた。田辺は卒業間近になってから、由佳に迫ったのである。今後は会うこともなくなる田辺だからこそ、一度限りと約束させたのかもしれない。

できるんだ。これからも、ぼくは先生とセックスができるんだ。

将来の展望がぐっと開けた気がしたが、康宏にとってまずは初体験だった。由佳の体に肉棒を挿入《そうにゅう》することへの期待で、体が小刻みに震えだしている。

「お願い、谷沢くん。パンティー、脱がせて」

すっくと立ちあがった由佳が、キャミソールの裾を持ちあげながら言った。

「いいんですか、そんなことまでさせてもらって」

「してほしいのよ、あなたに。さあ、早く」

こっくりとうなずき、今度は康宏が床にひざまずいた。震える手を由佳のウエストにやり、パンティーの縁に指を引っかける。

美しい体の線にそって、康宏は薄布をおろしだした。が、ヒップの量感が邪魔をして、なかなか思うようにはいかない。

「お尻のほうから脱がすのよ。果物の皮を剝《む》くような感じで」

由佳に言われたとおりにすると、パンティーはすんなりと双臀《そうでん》から離れた。そのまま足首まですすることおろしていく。

ああ、先生のヘアだ。ぼくはいま先生の大切な部分を見てるんだ。

康宏は、また胸が熱くなった。由佳のヘアは、デルタというより長方形に近かった。その下部は淫水に濡《ぬ》れ、秘唇に貼りついている。

由佳は上履《うわば》きを脱ぎ、床までおりきったパンティーから足を抜いた。キャミソールとガーターベルト、それにストッキングだけをつけた格好で、悩ましい仕草《しぐさ》でソファーに身を横たえる。

「谷沢くん、わかる？　あたし、こんなに濡れちゃってるのよ。ほら」

由佳は左脚を床に投げ出し、右脚をソファーの背もたれに載せた。ぱっくりと割れた秘唇が、康宏の目にもはっきり見えた。濡れて光るクレバスに、由佳はほっそりした指先を這わせていく。

「先生、ぼく、ぼく、もう」

康宏は立ちあがった。上履きを脱ぎ、足首にからみついていたズボンとブリーフをもどかしげに取り去ると、由佳に突進する。

由佳は落ち着いていた。康宏がソファーの座面に両膝をつくと、右手を下腹部におろし、やんわりと肉棒を握った。ぱんぱんに張った亀頭を、的確に淫裂へと誘導していく。

先端に蜜液のぬめりを感じ、康宏はびくんと体を震わせた。興奮はすでに限界に近かった。早く挿入を果たさなければ、入口寸前で暴発ということにもなりかねない。

「ここよ、谷沢くん。入ってきて」

「先生。ううっ、ああ」

康宏が腰を進めると、肉棒はずぶずぶと由佳の肉洞《にくどう》に分け入った。異物を歓迎するかのように、細かく刻まれた肉襞が、ペニスの周囲にからみついてくる。

これが、これがセックスというものなのか。

初めての口唇愛撫《こうしんあいぶ》と同様、康宏は感動のただ中にいた。このまま死んでもいいと思えるくらい、全身で心地よさを感じている。

「いいわよ、谷沢くん。動いて。もっともっと気持ちよくなって」

床に投げ出していた左脚と、ソファーの背もたれに置いていた右脚を、由佳は宙にはねあげた。足先を交差させるようにして、ふとももの最もむっちりした部分で、康宏の腰のあたりを挟みつけてくる。

「ああっ、先生」

康宏は、これまでソファーについていた左手を由佳の胸に、右手をふとももにあてがった。乳房の柔らかさ、ふとももの弾力を堪能しながら、ぎこちなく腰を振りはじめる。

「すごいや、先生。こ、こんなに気持ちがいいなんて」

少しでも動くと、ペニスが肉襞にこすられた。絶叫したくなるほどの快感が、康宏の背筋を這いのぼっていく。

「駄目だ、先生。ぼく、ほんとに出ちゃう」

「いいのよ、谷沢くん。出して。あなたの白いの、あたしの中にいっぱい出して」

「先生。うっ、ああっ、先生」

とうとう射精の瞬間がやってきた。びくん、びくんというペニスの脈動とともに、熱い欲望のエキスが噴出した。と同時に、康宏は由佳の肉洞が、ひくひくと妖しくうごめくのを感じた。発射された白濁液《はくだくえき》が、吸い込まれていくような感触である。

肉棒がおとなしくなったところで、康宏は由佳の上に覆いかぶさった。目の前に迫ってきた肉厚の朱唇に、思わず自分の唇を押し当てる。

由佳はまったく抵抗しなかった。それどころか、康宏の口の中に、自らの舌を突き入れてきた。

とまどいながら、康宏もそれに応じた。ぴちゃぴちゃと音をさせて、二人はねっとりと舌をからめ合わせる。

長いディープキスを終えると、由佳がじっと康宏を見つめてきた。

「谷沢くん、一つだけ約束して。あたしとときどき会うってこと、田辺くんには秘密にしておいてほしいの」

「先生。ど、どうして先輩のことを」

「ごめんなさい。きのうの晩、彼と電話で話したのよ。彼、言ってたわ。あなたが自分で告白する気になったんだから、その気持ちを大事にしてあげろって」

電車の中で熱い思いを打ち明けようとしたとき、由佳がほとんどあわてなかった理由が、これで納得できた。康宏は、田辺に感謝したい気分になる。

「田辺くんのことも、すごく気に入ってはいたのよ。でも、あなたにはかなわないわ、絶対に」

「ど、どういうことですか、先生」

「ああん、女にそこまで言わせる気？」

由佳は恥ずかしそうに頬を染めたが、康宏には話がまったく理解できなかった。

「仕方がないわね。はっきり言うわ。あたしね、あなたのことが好きになっちゃったのよ。ひと目惚《ぼ》れね。入学してきたとき、あっ、この子だわ、って思ったの」

「先生、そんな、ぼくなんか」

「事実よ。だから、なんとかしてあなたと付き合いたくて、田辺くんに手伝ってもらったの。あなたが乗ってくるのに合わせて、彼に痴漢をやらせたってわけ」

「えっ？　それじゃ、最初からぼくに見せつけようとしてたんですか」

由佳はこっくりとうなずいた。これは田辺からも聞いていない話だった。騙《だま》されたことになるわけだが、康宏はもちろん腹など立たなかった。あこがれの由佳が、自分を思っていてくれたというのである。新たな感激で、またまた胸が熱くなる。

「うちの高校にいる間、あなたのセックスはあたしが面倒を見るわ。迷惑な話かもしれないけど」

「迷惑だなんて、とんでもないです。最高ですよ。嘘みたいです。これからも先生と付き合えるなんて」

「じゃあ、いいのね？」

康宏は大きくうなずいた。と同時に、由佳の肉洞にもぐり込んだままだったペニスが、またむくむくと勢いを取り戻してきた。由佳もそれに気づいたらしく、妖艶《ようえん》な笑みを見せながら、腰を突きあげてくる。

もしかしたら、ぼくは本気で先生を好きになっちゃうかもしれない。それでもいい。そのときは、先生をご主人から奪ってしまえばいいんだから。

これまでに感じたことのないほどの幸福感の中で、康宏は由佳と唇を合わせ、ゆっくりと腰を使いだした。


「そうか、体験させてやったのか、例の生徒に」

夫の言葉に、由佳はこっくりとうなずいたが、声に出して答えるだけの余裕はなかった。ジェラシーに駆られた夫が、激しく体を動かしているからだった。体にもぐり込んできた夫の肉棒が、内部に刻まれた肉襞を、こそげるように愛撫していく。

「ああっ、す、すごいわ、あなた。あたし、おかしくなりそう」

「そんなによかったのか、教え子とのセックスが」

「ち、違うわ。あなたがいいのよ。あなたの、か、硬いのが」

自分にあこがれてくる生徒と、由佳が関係を持つようになったのは、ここ二年ほどのことだった。最初の相手が田辺であり、康宏で四人目になる。

性体験のない男子生徒たちの熱い視線は、教師になった当時から気になってはいた。それでも、べつに彼らとセックスがしたいとまで思っていたわけではない。実際に彼らに抱かれるように勧めてきたのは、実は夫だったのである。

『由佳がほかの男に抱かれたって、ぼくの愛情が変化するわけじゃない。けっこういい刺激になる気がするんだ。由佳が本気になったら、それは困るけどな』

夫のそんな言葉で、由佳は生徒を誘惑してみる気になった。

そして、夫の予想どおり、それは由佳たち夫婦のセックスに、大きな刺激を与えてくれた。由佳が想像していた以上に、夫は嫉妬心を燃やし、その結果、まるで二十代のような激しいセックスをするようになったのである。

「バックだ、由佳。後ろからしたい」

「ふふっ、いいわよ。ちょっと待って」

夫がペニスを引き抜くと、淡いブルーのキャミソール一枚をまとった由佳は、ベッドで四つん這いの姿勢をとった。透き通るように白い双臀やむっちりしたふとももが、すっかり剝き出しになっている。

「ああ、由佳」

夫はいとおしげに、両手で双臀に触れてきた。その手がふとももへと降下し、柔肌をやんわりと撫でまわす。

「もう、もう駄目よ、あなた。あたし、たまらないの。来て」

由佳が差し迫った叫びをあげると、膝立ちになった夫が、背後からにじり寄ってきた。肉棒の先端がお尻に触れ、由佳はびくんと全身を震わせた。夫も声にならないうめき声をあげる。

開いた脚の間から、由佳は後方へ右手をのばした。屹立した肉棒をそっと握り、ぱんぱんに張りつめた亀頭を、淫裂へと導いていく。

やがて夫の肉棒は、クレバスにぴたりとあてがわれた。ウエストに手を置いた夫は、呼吸を整えている。

「いいわよ、あなた。そのまま入ってきて」

夫は無言のうちに、ぐいっと腰を突き出した。ずぶずぶともぐり込んできたペニスの存在感に、由佳は圧倒される。

「ああっ、あなた。いい。す、すごくいい」

「おお、由佳」

夫は右手を脇から前にまわしてきた。ふとももを撫でた指先が、やがて秘唇の合わせ目までのびてくる。

充血したクリトリスに中指の腹の部分をかぶせたまま、夫はゆっくりとピストン運動を開始した。

特に指を繊細に動かしているわけではないのだが、こうすると自然に肉芽《にくが》がこすられ、由佳は徐々にたまらない気分になってくる。

「ああっ、す、すごい」

由佳は思わず叫び声をあげたが、夫は無言だった。一定のリズムで腰を前後させている。

この人、また姉さんのことを考えてるのかしら。

脳裏に、実の姉、亜紀の顔が浮かんできた。夫がかつて姉を抱いたことを、由佳は知っている。

後背位《こうはいい》で交わるとき、夫は姉の姿を想像しているのではないか、と由佳は以前から思っていた。顔が見えない状態で、体形がよく似ている妻を抱けば、夫はきっとそんな気分になれるに違いない。

だが、由佳はべつに腹は立たなかった。実を言えば由佳も、姉の夫、祐介のリードによって、一人の女になったのである。夫への愛情に影響を及ぼすものではないが、由佳にとって祐介は、いまだに大きな存在として残っている。

いいのよ、あなた。姉さんのことを思い浮かべるのだけは許してあげる。その代わり、あたしにもちょっとだけ、祐介さんのことを想像させて。

三田村祐介の精悍《せいかん》な笑顔を思い描きつつ、フィニッシュに向けて腰の動きを速めた夫に、由佳はその身を任せた。

※この作品は2005年6月フランス書院文庫から刊行された作品に加筆訂正を加えたもので、完全なフィクションです。

（原題『淫指戯　僕と人妻・痴姦指南』）

双葉文庫

ま-14-23

人妻《ひとづま》ジェラシー

2009年5月17日　第1刷発行

【著者】
牧村僚《まきむらりょう》

【発行者】
赤坂了生
【発行所】
株式会社双葉社
〒162-8540 東京都新宿区東五軒町3番28号
［電話］03-5261-4818(営業)　03-5261-4833(編集)
http://www.futabasha.co.jp/
(双葉社の書籍・コミックが買えます)
【印刷所】
株式会社亨有堂印刷所
【製本所】
株式会社ダイワビーツー

【表紙・扉絵】南伸坊
【フォーマット・デザイン】日下潤一
【フォーマットデジタル印字】飯塚隆士

ISBN978-4-575-51283-0 C0193
Printed in Japan

藍川京　爪《つま》紅《くれない》　文庫オリジナル 官能短編集

緋紗子は、不倫相手の豊島との逢瀬に、珍しく爪を薄紅に染めていく。表題作他、書き下ろし1編を含む花の名前の短編9編を収録。

如月あづさ　千鶴　書き下ろし長編 春色エロス

借金のかたに座頭貸の宅市のもとに引き取られた武家の娘、千鶴。その天性の美貌に、男たちの淫らな心は乱されずにいられない。

霧原一輝　艶姿三姉妹　書き下ろし長編 回春エロス

一人住まいの予備校講師・津川聡のもとに、晴れ着姿の谷村三姉妹が訪ねてきた。五十歳目前の津川が味わう愉悦と葛藤の行く末は……。

霧原一輝　人妻あそび　書き下ろし長編 回春エロス

出世路線を外された笹島は、自棄酒を呷ったあと路上で蹴り上げた空き缶を美貌の人妻に当ててしまう。誘われた部屋での情事は濃厚に……。

草凪優　ごっくんＯＬ　書き下ろし長編 性春エロス

オフィス・コーヒー・サービス会社の営業マン山賀幹郎は、消費者金融会社にいる制服ＯＬナンバーワン・弓穂とのエッチを密かに望んで。

草凪優　ナイショの秘書室　オリジナル長編 性春エロス

新入社員の三上真之介は、秘書室の美女たちに振りまわされっぱなし。美人社長・久我小夜子とのエッチを夢見ているのだが。

草凪優　ごっくん温泉　書き下ろし長編 性春エロス

新入浴剤の開発のため訪れた山奥の隠し湯で、夢野平一郎は宿の清楚な女将が身悶えるのを目撃。この秘湯には催淫効果があるらしい。

草凪優　ごっくん夢肌　書き下ろし長編　性春エロス
純真な女子大生とのエッチで挫折を味わい、南伊豆にやってきた元やくざの組長・百目鬼哲也。素人女との甘酸っぱい恋愛はできるのか？

櫻木充　オフィスで密かに　書き下ろし長編　フェチック・エロス
専務夫人で会長の孫・晴美との肉体関係を続けていた涼平だったが、直属の女上司菜穂に密かに憧れていた。思いを遂げるための姦計とは？

末廣圭　秘の耽溺　書き下ろし長編　サスペンス・エロス
志賀賢一郎が営む宿に、夏に中学生たちを引率してきた教師、清水美咲が一人で訪れた。浜辺で美咲と衝動的な情事を交わす志賀だったが。

末廣圭　わけありの女　書き下ろし長編　サスペンス・エロス
赤坂の「わけありクラブ」ホステス・梓を調べることになった民宿の主・志賀賢一郎の宿泊したホテルに、なんと梓本人が訪ねてきて……。

末廣圭　蜜の綾　書き下ろし長編　サスペンス・エロス
昼は一介のサラリーマン、夜は旅館を差配する社長と二足の草鞋を履く志賀賢一郎の見合いの相手は、目をみはるような美女だった。

菅野温子　あなたに夢中！　書き下ろし長編　柔肌エロス
戸塚奈々子は、可愛い容姿にもかかわらず23歳になってもまだバージン。先輩ＯＬから借りた無修正ＤＶＤを鑑賞しつつエッチを想像中。

菅野温子　花嫁は蜜の味　書き下ろし長編　柔肌エロス
大手商社の役員秘書・水森香苗は、麗しい容姿にもかかわらず独身。なんとか30歳までに結婚したい香苗は、身体を使って婚活に熱中する。

橘真児　**はじらいブライダル**　書き下ろし長編　性春エロス
霞子は美人でスタイル抜群だが、実は不幸を呼び込む最凶の女だ。南雲凪夫は、同じ会社に入社したために何かと霞子に振り回されていく。

橘真児　**先生　困っちゃいます**　オリジナル長編　学園エロス
新米熱血教師・紗世里の赴任先は、ドブ院と揶揄される大学卒業資格を得るための学校。しかも、ハチャメチャな生徒たちでエロスの宝庫。

橘真児　**愛しの管理人サマ**　書き下ろし長編　純愛エロス
新社会人の友朗は、早くも五月病気味。だが、アパートに新しくやってきた管理人の弥生はむっちりヒップが魅力的で惚れてしまうのだが。

館淳一　**傑作短篇集1　欲望百貨店へようこそ**　ファンが選んだ　珠玉の短篇集
「継母の恋人」ほか、館作品を全編読破したコアなファンが厳選した、禁断エロスの帝王が放つ傑作ぶっとび6編を収録。解説・猿楽一。

館淳一　**傑作短篇集2　淫らなお仕置きをいかが？**　ファンが選んだ　珠玉の短篇集
「神よ、わが閨房を覗くな」ほか、コアなファンが厳選した、禁断エロスの帝王が放つノンストップ・エクスタシー6編を収録。解説・猿楽一。

牧村僚　**禁愛　タブー**　オリジナル長編　癒し系エロス
探偵事務所を開いている北川雅之は、好みの女性依頼人の身体までいただいてしまうのだが、義姉・智世にだけは手を出せずにいた。

牧村僚　**艶《つや》がたり**　文庫オリジナル　時代官能短編集
深川の小間物屋の一人息子・一蔵が、湯屋の女主人に夜這いをかける「湯屋番　江戸篇」ほか、江戸落語を素材にした6編を収録

牧村僚　義母の吐息　長編癒し系エロス

葛西家の一人娘・淑枝と結婚して婿入りした俊之は、じつは妻の母・美登里に憧れ続けていた。奔放な義母からの口唇愛撫に心震える俊之。

牧村僚　誘惑未亡人　長編癒し系エロス

中学生の武田隆之の欲情の本命ターゲットは、隣に住む美しい未亡人。リビングでの悩ましい下着姿をのぞいては恋情の思いを募らせる。

牧村僚　義姉《あね》は人妻　長編癒し系エロス

大学一年生の平尾祐一は、六年前に一度だけ、憧れていた義姉・則子と淫靡な関係を持って以来、義姉への愛を育んでいたのだが……。

牧村僚　人妻ジェラシー　長編癒し系エロス

設計事務所に勤める田代純一は、朝の電車内で三十代の見知らぬ美人妻から股間をもてあそばれる僥倖に出逢う。女の意図するところは何？

睦月影郎　巨乳諜報員《エージェント》　書き下ろし長編フェチック・エロス

浪人生の河津圭一は、謎のハーフ美女・竜崎マリーの所属する秘密組織・ウラシマの仕事として、女の子ふたりに子種を授けることに⁉

睦月影郎　美剣士の香り　オリジナル長編フェチック・エロス

剣道家の祖父の住む家の土蔵で見つけた「男児ノミ継承ノ事」と上書きのある木箱。梶沢浩司は翌日から女子大の寮の管理人をするのだが。

睦月影郎　図書室の淫精　書き下ろし長編フェチック・エロス

大学の図書室に毎日通う本好きな葉山博男は、『魔淫の書』という本を見つける。希望するセックスを書き込めば願いが叶うらしいのだが。